KB180870

한국 희곡 명작선 10

사랑이 온다

한국 희곡 명작선 10

사랑이 온다

배봉기

평민사

빼봉기

사랑이 온다.

등장인물

남편 / 아내 / 아들 / 여자1 / 여자2 / 여자3

무대

평범한 슬라브 단독 주택.

객석에서 정면으로 시멘트 마당과 미닫이문이 있는 마루가 보인다. 마루 안쪽으로 안방과 건넌방 주방이 있다는 것을, 열리고 닫혀 있는 문으로 알 수 있다.

무대 왼쪽 앞쪽으로 붉게 녹슨 철 대문이 있고, 대문 옆 안쪽으로 작은 화단이 있다. 화단 옆에 수도대가 있다. 수도대 옆에는 양은 세수대야, 큰 고무 다라이 등이 놓여 있다.

오른쪽 시멘트 담장 옆에 고목이 된 감나무, 그 감나무 아래에 낡은 평상이 있다.

감나무 뒤쪽에 옥상으로 올라가는 계단, 계단 아래에는 크고 작은 항아리 몇 개가 먼지를 뒤집어쓰고 놓여있다.

옥상 위에는 누워서 역기를 하는 역기 의자가 있고, 여러 가지 운동기구들이 비 맞고 녹이 슨 채 놓여 있다. 역기 의자 옆에 어른 팔뚝 굵기의 쇠말뚝이 박혀 있다. 높이는 어른 가슴팍까지 오는 정도다.

집 양쪽 옆, 담장을 끼고 집 뒤로 통하는 공간이 있다. 객석에서 보이지는 않지만, 집 뒤에는 창고가 있다.

마당은 비교적 깔끔하고 마루도 잘 치워져 있으나 어딘가 엉성한 무대 세트 같은 느낌을 준다. 그 느낌은 일단, 몇 십 년은 넘어 보이는, 집 전체가 준다고 해야 할 것 같다.

1장

이른 봄이다.

고목이 된 감나무 가지 군데군데 작은 잎이 돋아나 있다.

남편, 무대 정면 마루에 미닫이문을 열고 걸터앉아 있다. 넥타이를 맨 외출복 차림이다. 옷이 좀 커서 엉성하게 보인다.

크윽— 가래를 끌어올려 마당에 칵, 뱉고 버럭 소리 지른다.

남편   지팡이! (짧은 사이) 지팡이! 아, 뭐해? (더 짧은 사이) 이것아!

아내   (집 뒤에서 소리만) 잠깐만요.

남편   야, 이것아! (짧은 사이) 두더지만도 못한 것! (더 짧은 사이) 야, 이 병신아!

아내   (역시 소리만) 찾았어요.

남편   에이, 저런, 굼벵이 같은 것.

아내   (지팡이를 들고 무대 왼쪽의 담장 옆 공간을 통해 집 뒤에서 나온다. 아내도 치마와 블라우스의 외출복 차림이다) 창고 다마가 나가서, 앞이 캄캄한데, 어디에 뒀는지 몰라…

남편   (말을 끊으며) 어디에 두기는 어디에 둬. 뻔한 것 아녀. 눈구녕이 막힌 수채구녕과 진배없으니까 그렇지.

아내   지팡이 같은 건 문 왼쪽에 뒀었는데, 더듬어야 있어야

	지요. 두리번대다 겨우 찾았네. 오른쪽에 있더라고요.
남편	언제 내가 왼쪽에 뒀어? 그런 것은 항상 오른쪽에 뒀었지.
아내	아니, 전에는…
남편	(버럭) 오른쪽이야, 오른쪽! 그거 하나 제대로 못 찾고 뭔 사설이 길어, 엉!
아내	그게 아니라, 그러니까 지팡이는 뭐 하러 창고에…
남편	아까 내 말 안 했어. 어제 비가 올 것 같아 들여놨다고. 엉, 말 안 했냐고.
아내	안 했어요.
남편	(버럭) 말했어! 귓구녕도 꽉 막힌 수채구녕이구만. 아, 이리 줘!
아내	(조심스럽게, 지팡이에 맞을 것을 걱정하여, 남편이 앉은 곳에서 좀 떨어진 마루에 지팡이를 걸쳐놓는다)
남편	이게 뭔 짓이냐?
아내	(뚜벅) 동수가 온다잖아요.
남편	그래서?
아내	여자도 데리고요.
남편	아, 그래서?
아내	당신 손에, 지팡이로 맞아, 대가리라도 터지면 꼴이, 손님 보기에, (목소리에 약간 힘이 실린다) 오늘은, 그건 안 되겠어요.
남편	(엉덩이 걸음으로 두어 번 옮겨 지팡이를 잡는다) 아이고 저

물건 씨부렁대는 꼬라지하고는. 사람을 아예 천지 분간 못 하는 망종으로 취급하는구만.

아내 (정색한 채) 오늘은 내 입장도 좀 봐 줘요.

남편 (실소) 오늘이 뭐 별 날이냐.

아내 동수가 온다고 했다고요.

남편 그 자식이 오는 것이 뭐가 어떻단 말이야.

아내 당신은 아무렇지도 않단 말이에요?

남편 아무렇지 않기는 왜 아무렇지 않아, 응! 화가 나, 복장 이 부글부글 끓어! (말하면서 점점 더 화가 치밀어 오른다) 천하에 후레자식! 그런 자식이 오는 것이 뭐가 어떻단 말이야. 나갈 때도 제 맘대로고 들어올 때도 지 맘대로 다 이거야?

아내 15년 만이에요. (조용히) 15년 만에 집을 찾아오는 거라 고요. 15년…

남편 그러니까, 그 15년 동안 연락 한번 없이 살았으면, 그냥 잘 처먹고 살 것이지, 이제 와서 왜 기어들어 오냐고. 뭘 찾아 처먹겠다고 들어 오냐 이거다!

아내 제 집에 오는 거예요. 제 집이라고요.

남편 내 집이야. 집 버리고 나갔으면 그만인 거야. 그놈은 이 제 이 집과는 끝이라 이거다.

아내 그 애가 여기 살겠다고 오는 것이 아니잖아요. 살라고 해도 어디 살겠어요.

남편 뭐? 그게 뭔 소리야?

아내	그냥, 여자를 인사시키려는 모양이라고요. 아무리 그래도 결혼은 혼자 하는 것이 아니죠. 그 애가 그래도 우리를 부모로 생각하는 거라고요.
남편	부모 좋아한다… (그래도 궁금하다) 여자애를 데려오는 것은 확실해?
아내	사람을 데려온다고 했어요. 사람을 하나 데려갈 거예요, 그랬단 말이에요.
남편	그 자식은 아비한테 인사도 없이 전화를 끊어.
아내	당신 산책 나간 때라고 했잖아요.
남편	아니야. 너 방에서 전화할 때 나 (지팡이로 평상을 가리키며) 저기 앉아 있었어.
아내	그렇지 않아요. 내가 마당을 다 내다보고, 부르기도 했어요. 당신은 전화 끊고 한참 후에 대문으로 들어왔다고요.
남편	아니다. 저 평상에 앉아 있었어. 좀 누워 졸았는지도 모르지.
아내	참, 억지 쓰지 마세요.
남편	억지? 억지라고? 내 말이 말 같지 않다 이거냐?
아내	(위기를 감지하고 목소리가 낮아진다) 누가 그렇다 했어요. 전화 왔을 때 당신이 산책 중이었다고…
남편	(지팡이를 쥐고 일어선다. 걸음을 내딛는 것을 보니 오른쪽에 약간 마비가 왔다는 것을 알 수 있다. 가벼운 뇌졸중으로 한번 쓰러져 한쪽이 어줍은 것이다) 내가 말했지. 나는 어제

산책 안 했다고.

아내   전화 온 건 그제였어요.

남편   어제고 그제고 난 그때 저기 있었어. (평상을 지팡이로 내리찍듯이 강하게 가리키며) 저기 있었다고! 네가 안 바꿔주고 끊어버린 거야! (마당에 서 있는 아내 쪽으로 빠르게 다가가려 한다. 그러나 한쪽이 어줍어 그렇게 빠르게 갈 수는 없다) 그 새끼랑 네가 날 무시한 거라고!

아내   (다가오는 남편을 피해 마당의 다른 쪽으로 가며) 억지에요, 억지. (답답하다) 억지라고요, 억지!

남편   (잡으려 다가가며) 어라, 이것이… 거기 안 서 있어!

아내   (역시 피하며) 당신이나 거기 그냥 앉아 있어요. 그러다 자빠지면 옷 꼴이 뭐가 되겠어요.

남편   (더 빠르게 다가가려 하지만 잘 안 된다) 저 물건 주둥이 놀리는 것 봐라. 뭐 자빠져. 가장한테 자빠져. 저걸 그냥! 내가 몸뚱이가 이 꼴이니까 우습다 이거냐.

아내   (오늘은 그냥 당할 수 없다) 그만 둬요. 제발 그냥 좀 앉아 있으라고요.

남편   (지팡이를 휘두르며 급한 걸음걸이로) 이 물건아! 이것아! 거기 서! 안 서!

아내   (빠른 걸음으로 피하며) 제발 그만 두라고요!

비칠거리면서 아내를 쫓는 남편, 거리를 두고 피하는 아내. 남편은 아내에게 지팡이 세례를 안기고 싶어 하지만 몸 때문에 뜻대로 될 수 없다. 아내는 남편의 몸 상태를 잘 알기에 어느 정도 여유가 있다.

한참 동안, 마치 무언극의 한 장면처럼 쫓고 쫓긴다.

마침내 숨이 찬 남편 평상에 주저앉는다.

아내 수도대 옆에 세숫대야를 엎어놓고 주저앉는다.

사이.

남편   (헐떡이며) 병신이, 내가 병신이, 옳게 병신이 되기는 됐구나.

아내   (가쁜 숨을 쉬며) 그러니까, 그리 화를 내면, 몸에 좋을 리가 없어요. 병원에서도 마음을 안정시키는 것이, 무엇보다 우선이라고 했잖아요.

남편   허, 뚫린 주둥이로 말은 잘 하는구나. 그래 너 말 잘 했다. 가장의 마음을 안정시켜야 한다고, 병원에서도 그렇게 주의를 들었으면, (갑자기 생각이 난다) 아, 점심 먹고 내가 약 먹었던가?

아내   먹었잖아요.

남편   안 먹은 것 같은데.

아내   먹었다니까요.

남편   먹은 기억이 없다니까.

아내   약봉지 쓰레기통에 있을 거예요.

남편   (아내의 말에서 어떤 혐의를 잡았다는 듯) 약봉지가 왜 쓰레기통에 있어? 약봉지가 왜 쓰레기통에 있냐고? 내 약 다 쓰레기통에 버리고 싶냐? 약 먹지 말라 이거야?

아내 (다반사로 당하지만 황당하다) 누가 약 든 약봉지를 말하는 거예요. 먹고 버린 빈 약봉지를 말하는 거 아네요.

남편 네가 그냥 약봉지라 했잖아. 언제 찢어버린 빈 약봉지라고 했냐. 약이 든 약봉지를 말한 거지. 그게 네 심보다 이거야. 약도 먹지 말고 알아서 고꾸라져 달라 이거 아니냐.

아내 (실소) 제발, 억지 좀 쓰지 마세요.

남편 웃어? 내가 네 맘을 꼭 집어내니까 당황스럽지? 놀랬지? 그래서 웃음으로 넘겨보려는 거 아니냐?

아내 그만 해요. 내 말은 점심 후에 약 먹고 버린 봉투 쓰레기통에 있을 거라 그런 말이에요.

남편 (날카롭게) 방 쓰레기통 오전에 비운 것 아니잖냐?

아내 안 비웠죠.

남편 언제 비웠냐?

아내 그게, 그저께였던가, 그 그저께였던가…

남편 그럼, 쓰레기통에 있는 봉지가 어제 먹고 버린 봉지인지, 아침 후에 먹고 버린 봉지인지, 점심 후에 먹고 버린 봉지인지 어떻게 안다는 거지?

아내 (그건 생각을 안 했다) 그게, 그렇기는 하네요.

남편 (노려보며) 으이그, 저 대가리가 이 모양이니 내가 약이라도 제대로 챙겨 먹을 수 있겠냐. 아 뭐 해, 빨리 방에 가서 수첩 가져오지 않고.

아내 예, 알았어요. (마루를 통해 재빨리 안방으로 들어간다)

남편 (혼잣말) 내가 안 먹고 먹었다고 표시하지는 않았을 테지.

아내 (검정 수첩을 펼쳐들고 나온다) 여기 표시 됐어요. 점심 후에 먹었다고요.

남편 어디?

아내 자요. (역시 남편의 돌발적인 공격에 대비하며 조심스럽게 평상 귀퉁이에 수첩을 놓고 재빨리 수도대 옆의 세숫대야로 가 앉는다)

남편 (확인한다) 먹었구만. 갖다 잘 둬. (수첩을 내민다)

아내 거기 두세요.

남편 (노려보다 혀를 차며 수첩을 내려놓는다) 잘 갖다 둬. (지팡이를 짚고 일어선다)

아내 어디 가려고요?

남편 산책 간다.

아내 동수 온다고 했잖아요. 여자도 데리고 온다고요. 결혼할 여자가 틀림없어요.

남편 그 자식 제 맘대로 오는데 내가 왜 기다리냐.

아내 시부모 될 사람에게 인사시키러 오는 거라고요.

남편 인사고 지랄이고. 그리고, 핸드폰 뒀다가 국 끓여 먹냐. 오면 전화하면 될 것 아니냐.

아내 그래도, 세 시쯤이라고 했으니, 시간 다 됐는데…

남편 저는 저대로 오니까, 나는 나대로 산책을 좀 해야겠어.

핸드폰도 하지 마. 제깟놈 온다고 내가 산책을 중단해
야겠어.

남편 대문 쪽으로 두어 걸음 내딛는데, 대문 밖에서 들려오는
자동차 소리.

아내 (반색하며 일어선다) 동수가 왔나 봐요!

남편 (되짚어 마루로 와 앉아서 넥타이를 매만진다) 어흠, 흠!

아들, 열린 대문으로 들어온다.
30세 전후로 보인다. 건장한 체격이다. 단단한 몸에서 강한
기운이 뻗쳐 나오는 것 같다. 검은 양복에 하얀 와이셔츠, 검
은 넥타이를 맨 차림이다. 마치 상복 같다.

아내 동수야!

아들 어머니, 안녕하셨어요? (건조하게 느껴지는 인사다)

남편 (헛기침) 으흠, 허흠!

아들 (아버지를 흘낏 보고는 대문 밖으로 고개를 돌린다) 야, 빨리
들어오지 않고 뭘 해.

여자1, 주춤주춤하며 들어온다.
20세 전후로 보인다. 계란 색 투피스를 입었는데 날씬한 몸
매에 상당히 예쁜 얼굴이다. 얼굴의 푸릇푸릇한 멍을 짙은 화

장으로 가리고 있다. 양손에 음료수 박스를 들었다.

아들 (평상을 가리키며) 그거 거기 내려놔. 사려면 한 박스면 됐지 멍청하게 두 개를 사고 그러냐.

여자1 아버님이랑 어머님 두 분이신데.

아들 야, 그것이 뭐 한 사람 앞에 한 그릇씩 안기는 짜장면이냐 설렁탕이냐.

여자1 그래도…

아들 (낮게 깔리는 목소리) 너 꼬박꼬박 말대꾸한다…

여자1 (순간적으로 강한 공포감에 사로잡힌다) 아, 예. 한 박스면 돼요. 제가 잘못 판단했어요. 잘못했어요.

아들 거기 내려놓으라니까.

여자1 예. (평상에 놓는다)

아들 인사해라. (어머니 쪽으로 시선을 돌리며) 어머니다.

여자1 (남편과 아내의 중간쯤에 엉거주춤 시선을 두며 고개를 숙인다) 안녕하세요.

남편 (마루에 앉은 채) 어어, 흠.

아내 (마당 중간에 어정쩡하게 서서) 어서 와요. (아들에게) 방으로 들어가자.

아들 답답하게 방은 왜 들어가요. 햇볕도 뜨뜻하니 마당이 좋네.

아내 그래도 손님이 있는데.

아들 쟤 손님 아네요. 신경 쓰지 마세요.

아내	그래, 한 식구가 될 사람이라면 낯가리고 그럴 것 없기는 하지. (15년 만에 여자를 데리고 들어온 아들이다. 안쓰럽고 대견하고 복잡한 감정이다) 이리도 훤칠하게, 고생이 말도 못 했을 텐데…
남편	(불쑥 끼어든다) 지발로 집 나간 놈이 쌩 고생을 하는 건 당연지사지. 고생을 해 봐야 집 소중하고 애비 에미 고마운 줄을 아니까. (아들의 옷차림을 훑어보며) 옷 입은 꼬락서니하고는. 어디 문상 왔냐.
아들	문상이라, 문상! (실소) 뭐 그럴지도 모르겠네요. 문상이라…
남편	(몹시 심기가 상한다) 아니, 저 자식이 무슨 소리를 하는 거야.
아들	(천천히 고개를 돌려 아버지를 노려본다. 불쑥 씹어뱉듯이) 요즘도 어머니 허벌나게 패요?
남편	(기습을 당한 듯) 아, 아니. 저, 저 자식 말하는 뽄새 좀 봐라. 배운 데 없는 놈 태를 내기는.
아들	이 정도면 양호한 것 아닙니까. 뭐 언제 배울 정신이 있었어야지요. 얻어터지느라 정신이 없었으니 말입니다.
아내	(여자1을 의식한다) 동수야.
아들	쟤 신경 쓰지 말라니까요.
남편	저 자식 참, 내가 막무가내 사람 패는 놈이냐.
아들	그렇게 알고 있는데요.
아내	(이런 가족의 모습에 여자1 앞에서 모욕감을 느낀다) 제발 그

만 좀 둬라. 15년 만이다.

아들   그러게요. 15년 만이라서 이러는 겁니다. 궁금해서요. 집 나간 뒤, 다른 것들은 싸그리 잊어버렸는데, 그 생각은 도저히 어떻게 안 되더라고요. 꿈속에서도 패고, 맞고, 아 좆같이!

아내   동수야.

남편   아, 시끄러. 나서지 마. 지가 하는 대로 놔둬 봐. 도대체 뭐가 그렇게 궁금하냐? 네 놈이 무슨 생각을 했다는 거야?

아들   아까 말했잖아요. 지금도 어머니 햇빛 좋은 날 곡괭이 자루로 군용담요 털듯이 두들겨 패냐고요? 간단한 문제부터 풀어나갑시다.

남편   내 집안일이다. 넌 집 나간 놈이야. 내 집안에서 국을 삶던 밥을 끓이던 네 놈이 무슨 상관이냐?

아들   상관이 있죠. 아들한테 상관없는 어머니는 없으니까.

남편   그런 놈이, 15년 동안 까맣게 잊어 처먹고 있다가, 이제야 계집이나 꿰차고 불쑥 나타났단 말이냐.

아내   여보, 무슨 말을 그렇게…

남편   저 새끼 말하는 꼬라지 좀 봐. 내가 좋은 말이 나가게 생겼어?

여자1   (감나무 둥치를 만지고 있다가 갑자기) 이 감나무 꽤나 오래 됐나 봐요.

아내   (화제를 바꿀 수 있다는 것이 다행이라는 생각으로) 어? 어.

18

오래 됐지. 몇 십 년은 넘었겠지. 우리가 이 집 사서 들어올 때부터 있었으니까.

아들 (감나무로 다가가며 여자1에게) 내가 이 감나무 이야기 해 줬지?

여자1 (생각해 내려 하지만, 순간 떠오르지 않아서 답답하다) 예, 예…

아들 이 돌대가리야. 저번에 너 병원에 입원했을 때 침대 옆에 앉아서 이야기했잖아. 새벽에 말이야.

여자1 병원 갔을 때…?

아들 이빨 세 대 나가서 응급실 갔을 때 생각 안 나냐? 피 많이 흘려서 하룻밤 자고 나왔잖아.

여자1 (생각났다) 아, 예. 오빠가 재떨이 던졌을 때. 응, 그 감나무구나.

아들 내가 다섯 살부터 이놈하고 씨름깨나 했지. 미친 듯이 탱고를 췄다고 해야 하나. (아버지를 가리키며) 저기 앉아 계신 아버지라는 작자가 어린 아들을 발가벗겨 여기 묶고는 아주 신나게 두들겨 패셨거든. 가죽 혁대로도 패고, 몽둥이로도 패고, 마음 내키는 대로 아주 복날 개 패듯이 하셨지.

남편 (아들의 거침없는 공격에 적잖이 당황하여) 저, 저놈이 무슨 말을… 야, 이, 이놈아!

여자1 (좀 엉뚱하다) 그때는 감 많이 열렸어요? 지금은 감꽃이 없네.

아들   (픽 웃는다) 내가 뭔 말을 너한테 하겠냐.

여자1   미안해요. 여기 묶여서 맞는 동수씨, 그 아이, 어린 동수씨 말이에요, 그걸 생각하면 불쌍해요.

아들   (버럭) 야, 씨팔 주둥이 닥치지 못해!

여자1   (놀라서) 예, 예. 닥칠게요.

남편   이 자식 이거 집 나가서 아주 후레자식이 다 됐네.

아들   후레자식이 됐다, 집 나가서 말이지요. 이 후레자식은 옛날 옛적에, 이미 집 나가기 전에 된 것 아닌가요. 이 집에 들어서니 그 후레자식이 되어가던 기억이 쫘악, 쓰나미처럼 밀려 온다 이겁니다.

남편   이런 싸가지 없는 새끼, 내 저 새끼, 저 상놈의 새끼를…

남편, 지팡이를 움켜쥐고 벌떡 일어선다. 하지만 몸이 부자유스러워 곧바로 행동에 옮기지 못한다.

아들, 코웃음을 친 후 감나무 뒤편 시멘트 계단을 뛰어올라 옥상으로 간다. 옥상의 쇠기둥 옆에 우뚝 선다.

아내와 여자1, 아들을 쳐다본다.

남편은 엉거주춤 서서 객석을 바라본 채, 지팡이를 움켜쥐고 분노로 씨근거리고 있다.

아들   (여자1에게) 야.

여자1   예.

아들   (쇠기둥을 쓰다듬으며) 이게 뭔지 알아?

여자1   뭐예요? 이야기 안 했잖아요.

아들   생각해 봐. 골통을 굴려보라고.

아내   동수야, 그만 둬.

아들   어머니는 가만 있어요.

아내   네 집사람 될 사람 앞 아니냐.

아들   집사람이라, 모르죠, 그렇게 될 지 안 될지. 하여간 그래서 이 지랄 하는 거예요. 어떻게 재하고 한번 살아보려고요. (여자1에게) 야!

여자1   예.

아내   내려 와라. 그게 뭐 좋은 이야기라고.

아들   같이 살 사람이라면 알 건 알아야 될 것 아닙니까. 한 식구가 되려면 이 정도는 알아야겠죠.

아내   (제지하려는 어조) 동수야.

아들   (어머니의 말을 무시하고 다시 여자1에게) 국민학교에 입학하자 아버지라는 사람이 선물한 거야. 공사판에서 주워 온 쇠몽둥이를 여기에 박은 거지. 시멘트 공구리를 쳐서 말이야. 여러 가지 기술이 많은 양반이었거든. 자, 이제 무대가 바뀐 거야.

남편   (관객을 본 채) 사내다운 새끼를 만들려고 그 고생을 했다 이 새끼야.

아들   사내다운 새끼라…

남편   (여전히 관객을 향하고) 그래, 사내다운 놈, 강한 놈을 만들려고 한 거다. 세상이 만만한 줄 아냐. 정글이다, 정글! 그 정글에서 살아남는 놈을 만들려 한 거야! 그런 강한 놈을 만들려고 했어!

아들 그래서 짐승을 만들었다 이거군요.

남편 다 네 놈을 위해서 내가 그 고생을 한 거다. 이 은혜를 모르는 새끼야.

아들 그래요. 그 무시무시하게 대단한 고생을 지금 말씀 드리는 겁니다. 당신의 은혜를 뼈에 새겨서 사내다운 놈, 강한 놈, 짐승이 된 놈이, 그 고마운 기억을 되살리는 거라고요. (여자1에게) 난 뭘 잘못했는지 몰라. 무조건 잘못했다면 잘못한 거야. 저 아버지란 사람이 잘못을 했다고 심판을 해. 그런 다음 일단 발가벗기는 거야. 그리고 옥상으로 끌고 올라와. 이 쇠말뚝에 두 손을 묶는 거야. 나일론 빨랫줄이 좋지. 버둥거리면 손목이 확 까지니까. 자, 잘 묶었다고 쳐. 이제 뭘 해야 하지?

여자1 (감정을 담아) 불쌍해요.

아들 그렇게 묶은 다음에 뭘 하겠냐고? 생각해 봐. 골통을 굴려보란 말이야. 골통을 굴려!

여자1 (순순히) 풀어줘야지요.

아들 (실소) 내가 너한테 졌다. 풀어주기는 뭘 풀어 줘. 자 이렇게, (손바닥에 침을 뱉는다) 탁, 손바닥에 가래침을 뱉고.

남편 (몇 걸음 비척거리며 걸어 나와 옥상을 쳐다보며 버럭 소리지

른다) 이 상놈의 새끼! 개놈의 새끼! 내 저 새끼를 확 잡
아 묶어서 그냥…

아들 왜 확 잡아 묶어서 어떻게 하시려고요? 온 몸에 구렁이
들이 기어다니게 혁대로 패시려고요? 목에서 피가 넘
어오게 몽둥이질이나 해 보시려고요?

남편 사내다운 놈 만들려고 그 고생했다 안 그랬냐 이놈아.
잡아먹히지 않고 잡아먹는 강한 놈 만들려고 했어 이
후레자식아!

아들 사람새끼를 그렇게 해서 뭐가 잘 만들어집디까? 열다섯
먹은 놈이 집 뛰쳐나가 어떻게 제대로 될 것 같습디까?

남편 내가 집 나가라고 등 떠밀었냐? 장롱 뒤져서 돈 쥐여줬
냐? 이 순 도둑놈의 새끼야!

아들 맞아죽는 것보단 집 나가는 것이 안 낫소? 아버지란 작
자 살인자 만들면 정말 불효지 않겠소?

남편 그 정도 맞아서 죽는 놈 있다더냐.

아들 그럼 어느 정도 맞아야 죽는 거요? 그게 그렇게 알고
싶었소? 그래서 살은 야들야들하고 뼈도 안 여문 것을
그리도 쥐어 팼다 이겁니까? 골목에서 아버지란 작자
의 발소리만 들려도 오줌이 질질 흘려 나오게 만들었다
이겁니까?

남편 (몇 걸음 더 비칠대며 마당으로 걸어 나온다) 저런 죽일 놈
의 자식, 15년 만에 불쑥 나타나서 한다는 소리가… 내
저 상놈의 새끼를…

아들	왜, 또 묶어놓고 신나게 두들겨 패고 싶소? 마음이야 꿀떡 같겠지만 이제 그게 되겠소?
아내	(강한 어조) 내려와라.
아들	(여전히 아버지에게) 근데 왜 그 꼴이 됐소?
아내	(단호하게) 동수야 내려 와. 못 내려오겠냐.
아들	관둬요.
아내	(비명처럼) 내려 와! 내려오란 말이다!
여자1	(겁에 질려서 낮은 소리로) 아저씨 내려오세요.
아내	(강한 힘이 실린 목소리) 내려와 이놈아!
아들	에이 씨.

아들, 아내의 기세에 눌려서 옥상에서 내려온다.

남편, 시멘트 계단을 내려오는 아들을 향해 지팡이를 휘두른다. 아들 가볍게 피한다.

남편, 아들을 쫓으며 지팡이를 휘두른다.

슬슬 피하던 아들 지팡이를 잡아서 빼앗아 두 동강 내서 던진다. 비칠거리던 남편, 허탈하게 마루로 가 주저앉는다.

아들, 평상에 앉는다.

남편	왜 왔냐?
아들	빚이 있지 않습니까? 오래 묵었는데 청산을 해야지요.
남편	빚? 청산을 해? 네 놈이 나한테? 내가 네 놈한테?
아들	아버지가 갚아야지요. 내가 받고요. 받는 것, 내 전공이

거든요.

남편 내가 뭘 갚아? 이거 미친 놈 아니야? 15년 동안 밥 처먹
이고 잠 재웠더니 제 발로 기어나간 놈이 무슨 빚 타령
이냐. 받기는 뭘 받아? 네 놈이 나한테 내 놔라. 15년
동안 먹이고 재운 값 내 놔! 이 천하에 불쌍놈아.

아들 그런가요. 그럼 내가 갚을까요? 이 빚은 받으나 갚으
나 그게 그건 것 같네요. 뭐 갚기 싫다면 내가 갚기로
하지요.

남편 너 같은 놈한테 받을 것 없다. 줘도 더러워서 안 받는
다. 내가 갚을 것은 더 없고.

아들 그럴까요. 내 계산은 다릅니다. 계산을 해 보니까 만만
찮게 나오더라고요. 내가 받을 게 말입니다. 아니, 갚을
거라고 해야 하나.

남편 무슨 개소리야?

아들 자, 이제 정산을 시작해 볼까요. (여자1에게 버럭) 야!

여자1 (화들짝 놀라) 예, 예.

아들 너 나가서 돼지고기 1킬로하고 두부 한 모 사와라. 김
치찌개에는 두부를 큼직큼직 썰어 넣어야지.

아내 (상황이 갑자기 전환되는 것이 얼떨떨하면서도 이런 상황을
전환하고 싶다) 배고프냐? 점심 안 먹었어?

아들 점심을 안 먹기는 왜 안 먹어요. 제가 턱에 수염 나고
밥은 안 굶었습니다. 절대로 말이지요. 굶으면 죽는다,
이런 신조로 살았으니까요.

아내	잘 했다. 집 나가서 밥 안 굶고 살았다니 고맙다.
아들	오랜만에 상봉했으니 부자간에 소주라도 한 잔 해야지 않겠습니까. 신 김치에 돼지고기 큼직큼직하게 썰어 넣고, 아 참 신 김치 있죠?
아내	어, 응, 있지.
아들	그럼 됐습니다. 보글보글 끓을 때 두부 얹으면 소주 안주로 그만 아닙니까. (여자1에게) 야 길 잘 외워?
여자1	예, 예…
아내	내가 간다. 이 동네 처음인 얘가 어디 가서 뭘 사고 만단 말이냐.
아들	그만 두세요. 얘가 가야 해요.
아내	내가 간다니까.
아들	(완강한 태도로 짜증을 낸다) 어머니는 가만 계시라니까. (여자1에게) 대문을 나간다. 아까 우리가 차로 올라온 골목을 쭉 내려간다. 1킬로쯤. 큰 거리가 나온다. 거기서 우회전. 오십 미터쯤 가면 정육점 있을 거다. 예전 팔복 정육점 그대로 있더라. 아까 차 타고 오면서 보니까 정육점 옆에 슈퍼 생겼고. 두부는 거기서 산다. 오케이?
여자1	(외운 것을 기억하느라 미처 대답 못 한다)
아들	(버럭) 오케이?
여자1	(놀라서) 예, 예.
아들	읊어 봐.
여자1	대문을 나가서 쭉 온 골목길로 가면 큰 길이 나오고 우

회전해서 팔복정육점 거기서 돼지고기, 옆에 마트에서
두부 사 와요.

아들   됐어. 기억력은 좋단 말이야. 오케이. 튀어!

여자1   예! (허겁지겁 대문으로 뛰어나간다)

아내   애, 돈은?

아들   바지에 작은 돈지갑 있어요.

남편   (툭 던지듯이) 그 자식, 여자 하나는 제대로 다루는구만.

아들   자주 팹니다. 마른 날 곡괭이 자루로 군용담요 털듯이
말입니다. 아버지 자식 아닙니까. 쟤 벌써 여섯 대나 틀
니 했어요.

남편   무슨 개소리냐 이놈아.

아들   아버지가 어머니 이 뽑듯이 했지요. 돌도 안 지난 동생
명희 안방 벽에 집어던질 때 네 개, 나 감나무에 묶고
몽둥이질 할 때 세 개, 김치찌개에 두부 안 넣었다고 두
개. 내가 아는 것만 도합 아홉 개.

아내   동수야 그만 해라.

아들   나 집 나가고 얼마나 더 뽑았소? 아래 위 몽땅 다 틀니
했소?

남편   내가 뭐 치과의사냐, 이빨을 뽑게. 어, 흐흠. 다 지 잘못
때문에 사고가 난 거지.

아내   그만 뒈 동수야. (화제를 돌리려) 어떻게 사냐? 직업이 뭐
야?

아들   잘 먹고 삽니다. 뭐, 금융업에 종사한다 할 수 있죠. 아

무래도 돈을 굴려야 돈 만지기가 수월할 것 아닙니까. 이놈의 돈 세상에서는 돈을 돌리고 돈을 따라 돌아야 하겠더라고요.

아내 너 잘 먹고 잘 살면 됐다.

남편 잘 처먹고 살면 그냥 그대로 처먹고 살지 뭐 하러 기어 들어 와. 결혼이고 뭐고 알아서 하든지 말든지 해라. 너 같은 후레자식, 결혼 일 없다.

아들 아들이 장성했으면 결혼에 신경을 쓰셔야죠.

아내 저 애랑 결혼할 생각이냐?

아들 예, 결혼할 겁니다.

아내 그런데 틀니를 해 넣었다?

아들 나중에 돈 벌면 임플랜트로 해 줄 겁니다.

아내 네가 때려서?

아들 예. 아버지 자식 아닙니까.

남편 내 핑계 대지 마라 이 개자식아.

아내 여자를 그렇게 대하면서 결혼을 하겠다니… 너 제 정신이냐. 요즘 세상에 어느 여자가…

아들 그럼 어머니는 그런 세상이라서 이 뽑혀가면서 사셨어요?

아내 너와 명희 연년생으로 낳고, 달리 살 수가 없었다. 지금은 달라. 그렇게 안 살아.

아들 쟤 어디 못 가요. 3억에 샀으니까.

아내 3억에 사?

아들   그런 게 있어요.

아내   사다니? 사람을 사?

아들   3억 빚 대신 저 애를 받았다 이겁니다.

아내   부모가 팔았단 말이냐?

아들   그런 셈이죠. 천만 원이 3년만에 3억이 됐는데 무슨 수가 있겠어요. 지 아버지 쓰러지고, 지 어머니는 식당 나가서 겨우 먹고 사는데. 10년 만에 처음 한 부탁이라 사장님이 들어줬어요. 나, 쟤 마음에 들었거든요. 좀 맹한 데가 있기는 하지만 착한 애예요.

아내   무슨 소린지 모르겠다.

남편   (불쑥) 무슨 소리는 무슨 소리. 저 놈이 도둑놈, 날강도 패에 들었다는 소리구만. 천만 원 빌려주고 고리 붙여서 3억 만들어 사람 하나 생으로 뺏었다는 소리 아니여. 뭐 금융업? 아나, 지랄이나 금융업이다. 이 흉악한 놈아.

아내   그게 그 말이냐?

아들   다 합의 봐서 처리된 거예요. 서류도 있어요. 내 사업은 내가 알아서 해요. 내 일에는 신경 끄세요. 어머니가 알 필요 없다고요. 그건 그렇고, 나 저 애 마음에 들거든요. 정말 착한 애예요. 나한테는 다시 없는 애예요. 나 저 애랑 결혼해서 사람새끼로 살아보고 싶다 이겁니다.

남편   결혼을 하든지 이혼을 하든지 알아서 하고 잘 처먹고 잘 살란 말이다. 이 늙은 애비 괴롭히지 말고 이 불쌍놈아.

아내   네가 그렇게 생각하면 그렇게 해라. 에미 노릇 뭐 한 것 있다고 나서겠냐. 너 하고 싶은 대로 하고 살면 되는 거지. 이 집 쪽은 쳐다볼 것도 없어. 그러려고 집 나간 것 아니겠냐.

아들   그래요. 그러려고 집 나갔죠. 그렇게 신경 끊고 살려 했어요. 그런데 안 돼요. 나 저 애 손 대기 시작하면 미쳐요. 그래서 아래 위, 이도 여섯 개나 나갔고요. 갈비 세 대도 나간 적이 있어요. 피를 봐야 해요. 그것도 저 애가 까무라칠 정도가 되기 전까지는 멈출 수가 없어요. 내 속의 짐승새끼가 환장을 한다고요. 이 악마 같은 짐승새끼를 죽이기 전에는 나 사람새끼로 살 수 없어요. 나도 정말 사람새끼로 살고 싶다고요.

남편   저, 저 미친 놈. 옳게 미쳤구나!

아내   (아들의 고통의 근원을 감지하면서) 하느님 맙소사!

아들   혁대나 몽둥이 손에 들면 아버지란 자가 튀어나와요. 내 안에 도사리고 있던 시커먼 암덩이 말입니다. 이 짐승새끼는 멈출 줄을 몰라요. 고삐도 없어요. 어떻게 다룰 수가 없다고요. 결국 깨달았지요. 이거 계산 안 끝나면, 청산 못 하면, 나 사람으로 못 산다. 저 애 내 손으로 죽이고 말 거다. 내가 죄 없는 사람 죽이고 살인자 되기 전에 꼭 필요한 계산을 하자. 청산을 해야 한다! (스스로에게 부르짖듯이) 해야 해!

아내   (아들의 의도를 어렴풋이 감지하고 떤다) 너 지금 무슨 말을 하는 거냐?

남편   (밀려오는 불안과 공포에 강력하게 저항하듯이) 저 새끼가 미쳤구나. 옳게 미쳤어. 이 미친 새끼야.

아들   (아버지를 노려보며 한 걸음, 한 걸음 다가선다) 그래 나 미쳤어. 당신이 날 미치게 만든 거야. 다섯 살도 안 되었을 때부터 10년이 넘게 악마 같은 짐승새끼를 내 속에 심었어. 집 나가 15년 동안 이 짐승새끼와 싸웠어. 그래도 안 돼. 이 짐승새끼는 원래 주인을 죽이기 전에는 안 죽어. 그 주인이 먹여 키웠거든. 자, 당신이 이렇게 내 속에 키운 짐승새끼를 어떻게 해야 하지? 자, 이제 어떻게 해야 하냐고? 당신이 책임 져야 할 것 아니냐고? 이 미친 짐승새끼를 정상으로 돌려놓으라고! 나도 인간이 되어 살고 싶다니까. 나 좀 살게 해 달란 말이야! 이 아버지 새끼야!

아내   (아들의 뺨을 후려친다) 이놈의 자식아!

아들   (어머니에게) 아까 저 애 보셨죠? 내가 착하다 그랬죠. 정말 얌전하고 마음이 고운 애예요. 가끔 엉뚱한 생각도 하고 말도 어긋나게 하고 그러는 건 내가 심하게 다뤄서 그래요. 나만 좋아지면, 내가 사람새끼 되면 아무 문제없는 애예요. 아버지가 교감선생까지 한 집안이라 곱게 컸지요. 명예 퇴직한 뒤 적성에도 안 맞는 사업만 벌이지 않았다면 아무 걱정 없이 살 사람들인데. 마음에 들지 않으세요? 내게 넘치는 여자죠. 나이도 어리고요. 며느리 감으로 손색이 없다 이겁니다. 자, 그러니 저 애랑 살게 부모란 사람들이 나 좀 도와 주셔야겠네요. 저 애 죽이지 않고 같이 살 수 있게 말입니다. 나도 이제 살고 싶어요. 저 애 사랑하고 오손도손 살고 싶다 이겁니다. 미친 짐승처럼 날뛰지 않고 인간답게 말입니다. 그러려면 말입니다. 이놈 속에 있는 짐승새끼를 죽여야겠습니다. 아버지가 키운 이놈의 악마 같은 짐승새끼 없애 버려야겠다고요! 아버지가 키웠으니 아버지가 책임져야지요! 나, 좀 살아봅시다! 이놈의 짐승새끼 죽이고 나 좀 인간답게 살아보자고요!

남편   (흥분하여 쓰러질 것 같다) 이 미친 놈, 후레자식아. 썩 내 집에서 나가지 못해!

아내   (충격으로 다리가 휘청거린다) 이놈 동수야.

아들   곧 나가요. 우리가 무슨 다정한 부자였다고 김치찌개 앞에 놓고 소주잔 기울이겠습니까. 계산 간단해요. 몇 분 안 걸려요. 서른 밖에 안 된 자식이 살아봐야겠습니까? 60이 넘은 아버지가 자식 죽이고 살아야겠습니까? 자식 좀 살아봅시다. 아버지 트렁크에 싣고 이제 집 정말로, 완전히 떠날 참이니까요. 차 트렁크 안에 큰 가방도 준비되어 있지요. 마음의 준비랑, 다른 준비 예전부터 하고 다녔어요. (차가운 냉소로) 아버지, 사실만큼 사셨으니 도와주세요. 어디 야산 양지 바른 명당자리 찾아 잘 묻어 드릴게요. 자식이 이제 인간처럼 살아보려고 그러니 도와 주셔야지요. 아버지가 낳은 자식이니

자식도 좀 살아 봅시다. 그만큼 자식 죽여 왔으니 이제 그만 됐지 않습니까. 이 자식도 좀 살아보잔 말입니다! (양복 주머니에서 가죽장갑을 꺼내 낀다) 자요. 간단해요. (아버지에게 다가선다)

남편 (이제 실제적인 공포에 사로잡히며) 아이고, 저런 개자식, 개자식… 저런 후레자식이 아비를, 아비를 죽이겠다고 왔다네. 아이고 저런 개자식이… 아이고 머리야, 가슴이야… (쓰러질 듯 위기를 느껴 기다시피 해서 안방으로 들어간다)

아들 (방으로 사라지는 아버지의 등에 대고) 아버지 자식이니 무슨 짓을 못 하겠소.

아내 (좀 마음의 안정을 찾아 대처할 준비를 했다) 이제 할 만큼 했다. 가.

아들 시작도 안 했어요.

아내 너 정말 미쳤구나.

아들 아니, 맑은 정신입니다. 동생 명희 왜 죽었소? 벽에 머리 부딪혀 골 터져 죽은 거라고요. 저 인간, 돌도 안 된 지 새끼를 죽인 살인자라 이겁니다. 아픈 애가 울어대는 것이 당연하지 않겠어요. 밤새 운다고 지 새끼를 벽에 집어던진 악마라고요! 나라는 인간도 오래 전에 맞아 죽었습니다. 이렇게 살고 있는 것은 한 마리 악마새끼, 짐승새끼지요. 나 사람 되려면 내 속에 있는 이 짐승새끼 잡아 죽여야 해요. 이 짐승새끼, 이 짐승새끼 만

든 짐승, 죽는 처벌받아 마땅하다 이겁니다. 말리지 마세요. 말릴 권리 어머니도 없어요.

아내 동수 너 몇 년 맞았냐? 다섯 살부터 십 년?

아들 한 인간을 죽이고 짐승 만들기에 충분한 시간이지요.

아내 이 에미는 삼십 년이다.

아들 어머니는 어머니 방식대로 계산을 하셔요.

아내 아니. 그럴 수 없을 것 같다. 내 계산도 네 계산이랑 겹치지 않냐.

아들 어머니.

아내 네 세 배를 받아야 할 내게 권리가 있지 않겠냐?

아들 말했잖아요. 나 저 애 마음에 들어요. 같이 살고 싶어요. 저 애 때려죽이고 싶지 않다고요.

아내 그건 네 일이다. 네가 어떻게든 해결 방법을 찾아. 너는 그냥 이 집 떠나.

아들 어머니는 가만 계셔요. 아무 것도 보지 말고 아무 것도 하지 마셔요.

아내 못 알아듣겠냐? 너는 15년 전에 집 나간 사람이야. 네 애비 견디고 산 사람은 나다. (강하게) 모든 것이 내 몫이다. 내 몫이란 말이다!

아들 어머니⋯

여자1 대문을 밀고 들어온다. 손에는 돼지고기와 두부가 든 두 개의 검은 비닐봉지를 들었다.

아내   (아들에게, 낮지만 여전히 강한 힘이 있는 목소리로) 여기 떠나. 잊고 살아. 어떻게든 살아 봐. 지금 떠나.

여자1   (아내의 말을 듣고) 예 어머니, 왜요?

아내   아가씨한테 한 소리 아니요.

아들   (여자1에게) 말한 대로 사 왔냐?

여자1   예. 여기. (비닐봉지를 내민다)

아들   (여자의 손에서 비닐봉지를 낚아챈다. 두부를 꺼내 냄새를 맡는다. 버럭) 야!

여자1   (놀라서) 예, 예!

아들   넌 코도 없냐? 냄새도 못 맡아? (두부를 팽개친다) 쉰 두부를 돈 주고 사 오는 년이 어디 있어?

여자1   (겁에 질리며) 난 슈퍼 아주머니가 주는 대로, 괜찮은 것인 줄 알고…

아내   (땅바닥에서 깨진 두부를 집어 냄새를 맡는다) 괜찮다. 잘못 사 온 것 아니야.

아들   (더 화를 낸다) 어머니는 가만 계셔요. 내가 애한테 말하고 있잖아요. 죽이든지 살리든지 내 여자니까 간섭 말라고요. 이년아! (여자1의 머리채를 휘어잡는다)

여자1   (비명을 지른다) 잘못했어요! 잘못했어요! 용서해 주세요!

아들   너 냄새 안 맡고 샀지? 내가 말했어 안 했어? 항상 두부 같은 것을 살 때는 냄새를 잘 맡아보라고 내가 말했어 안 했어? 엉? 말했어 안 했어?

여자1   말했어요. 말했어요. 잘못했어요! 용서하세요!

아들   넌 말로 해서 안 돼. 말로 해서는 안 된단 말이다!

아들, 양복 윗도리를 벗어 팽개치고 넥타이를 풀어 내던진다. 여자1, 심한 공포에 휩싸여 바들바들 떤다. 아내, "뭐 하는 짓이냐?" 하며 나서지만 아들 막무가내다. 아들, 여자1을 무자비하게 주먹으로 때린다. 여자1 퍽 나가떨어진다. 아들, 쫓아가 일으켜 세워 다시 주먹질한다. 여자1, 나가 떨어져 피를 흘린다.

아내, 아들을 말리지만 아들은 강한 힘으로 아내의 저지를 무산시킨다.

아내, 아들을 향해 소리 지른다. 아들, 제 광기를 주체 못하는 듯, 머리를 시멘트 담장에 몇 번 처박는다. 머리가 터져 피가 얼굴로 흘러내린다. 그런 상태로 쓰러진 여자1을 일으켜 세워 무자비하게 폭행한다.

아내, 더 이상 말리지도 못 하고 평상에 무너지듯 주저앉는다. 자신이 남편에게 당했던 장면과 같은 광경을 보고 있는 것이다.

사이.

아내   (부들부들 떨며 일어나 비명처럼 소리 지른다) 나가! 나가라! 나가란 말이다! 이 집에서 나가! 나가!

아들, 손을 멈추고 어머니를 바라본다.

사이.

아들, 자신도 피를 흘리면서 피를 흘리는 여자1을 끌고 대문
을 나간다.

사이.

아들 다시 들어와 마당에 떨어진 양복 윗도리와 넥타이를 주
워 나간다.

사이.

자동차가 떠나는 소리.
아내, 평상에 주저앉는다.

사이.

안방 문이 열리고 남편이 머리를 내민다.
남편, 앉은걸음으로 마루로 나온다.
마루에 걸터앉으며 아내를 본다.

남편   그 후레자식 갔나?

아내   …

남편   집 나가더니 완전 개새끼가 됐네.

아내   (처절한 고통에서 솟아오르는 길고 긴 처참한 비명) 아아아
         아악-!

2장

1장으로부터 반 년 정도가 지났다. 늦가을이다. 말라서 비틀어진 감나무 잎이 여기저기 뒹구는 등 무대는 더 썰렁한 느낌을 준다.

마당 가운데에 휠체어가 덩그렇게 놓여 있다.

사이.

안방 문이 열리고 남편이 나온다. 거동이 상당히 불편하다. 그 사이 뇌졸중으로 한번 더 쓰러진 것이다. 후유증으로 치매 증세도 시작되었다.

비비적대며 마루로 나온 남편 마당을 휘둘러본다.

남편   이, 이것아. 이, 이것아! (목청껏) 이것아!

씨부렁거리며 엉덩이걸음으로 마루 끝으로 나온다. 마당으로 내려서려다 그대로 마루 밑으로 고꾸라진다. 과장되게 비명을 지른다. 널브러진 채 앓지만 아무도 그걸 들어줄 사람이 없다는 것을 깨닫고, 꾸물럭꾸물럭 일어난다. 한 손으로 바닥을 짚고 엉덩이걸음을 걸어 휠체어로 간다. 올라탄다. 휠체어를 손으로 굴려 마당을 두어 바퀴 돈다.

남편　　이, 이것이 어, 어딜 간 거여? 하늘같은 남편을, 아, 아
　　　　주 우, 우습게 알아. 내 몸만 성하면, 이, 이것을 그, 그
　　　　냥, (이하의 말은 빠르고 정확하다) 확 잡아 패대기쳐 질근
　　　　질근 밟아서 하늘 무서운 것을 가르쳐줘야 하는데.

남편, 마당을 천천히 한 바퀴 돈다.

사이.

아내 대문을 열고 들어온다. 손에는 검은 비닐봉지를 두 개
들었다.

남편　　이, 이것이. (휠체어 주위를 두리번거린다)

아내　　뭘 찾아? 지팡이? 왜 그걸로 매타작을 하시려고? 그 개
　　　　도 안 물어갈 성질 그만 부려. 성질부리다 또 자빠지면
　　　　아예 일어나지도 못 할 테니까.

남편　　아, 아픈 남편, 두고. 말, 말도 없이.

아내　　말 하고 말 것이 어디 있어. 요 아래 잠깐 갔다 온 건데.
　　　　왜? 내가 도망갈까 걱정돼?

남편　　걱, 걱정은, 지, 지랄이다.

아내　　(픽 웃는다. 수도대로 가서 비닐봉지를 내려놓는다) 참, 그

지경이 돼서도 성질은 지랄이다. 내가 왜 도망가? 살아도 여기서 살고 죽어도 이 자리에서 죽어야지. 30년을 당신한테 죽도록 맞고 살았잖아. 도망가면 그 빚 어디가서 받겠어. 안 그래?

남편 너, 너 먹여, 살리려고, 뼈, 뼈골이 다,

아내 (마루로 올라가 주방으로 가며) 알았어. 그만 하셔. 나 뼈부러지도록 패느라 뼈골이 다 빠졌지. (칼과 도마, 냄비를 가지고 나온다)

남편 이, 이년이, 어디, 갔다 와서, 헛소리만, 뭐? 뭐여?

아내 (수도대로 가서 앉으며) 아 뭐가 그렇게 궁금해. 저 아래가서 돼지고기하고 두부 사 왔어. 동수가 온다잖아.

남편 (놀라서) 엉? 언제?

아내 오늘.

남편 그, 이, 이야기를 왜, 지금…

아내 정신을 놓고 사는구만. 어제 오후에 전화 받을 때 옆에 있었잖아. 한바탕 지랄 난리를 피워 놓고 다 까먹었구만.

남편 그 개, 개자식은, 왜 또?

아내 그 자식이 당신 자식이야.

남편 그, 그런, 새끼, 애비, 죽, 죽이려는, 새끼… 그, 개, 개새끼가 왜?

아내 어떻거나 여기는 그 애 집이야. 사람이 제 집에 온다는데 안 될 이유가 어디 있어.

남편 내, 내, 집이야.

아내 알량한 집 하나 갖고 유세는 퍽도 한다. 하여간 그 애가 온다면 오는 거지. 자식이 제 집 찾아오는 것이 당연하지. 내가 해 줄 것은 없고, 돼지고기 김치찌개라도 먹여 보내야지.

남편 그, 그런, 쌍, 쌍놈의 자식한테, 돼, 돼지, 돼지고기, 김치, 김치찌개는, 개, 개지랄이다.

아내 당신이나 그 개지랄 그만 하고 입 닥치고 있어. 그놈의 휠체어 끌고 문 밖에 가서 확 저 내리막길로 밀어버리기 전에.

남편 이, 이런 망, 망할, 쌍, 쌍년! 주, 주둥이를…

아내 (돼지고기를 썰던 칼을 든 채 벌떡 일어선다) 주둥이 닥치지 못해!

남편 (아내의 기세에 일단 주춤한다. 그러나 분을 식이지 못해 씨부렁댄다) 이, 이년이 칼, 칼까지, 휘, 휘두르고, 아, 아주, 미쳐, 미쳐가는구나. 그, 그 칼, 칼로 어쩔, 어쩔 것이냐?

아내 (손에 든 칼을 의식한다) 어쩔 것이냐고? 이 칼로 말이야? (팔을 내리며) 마음이 문제지 칼이 문제겠어. 그러니, (주저앉으며) 제발 입 닥치고 마당이나 돌아. 운동이나 하라고.

아내, 돌아앉아 하던 일을 한다.

남편, 휠체어를 굴려 마당을 돈다.

사이.

대문 밖에서 자동차 소리.

"여기야?" 하는 여자의 목소리.

여자2가 먼저 들어오고 아들 따라 들어온다.

여자2는 사십대 초반이거나 나이가 더 들어 보인다.

아들은 1장처럼 검은 양복에 하얀 와이셔츠, 검은 넥타이를
맨 차림이다.

여자2 (마당으로 성큼 들어서며 활달하게) 안녕하세요?

아내 (일어서며 쳐다보고는 여자2의 나이가 예상보다 상당히 많아
보이는 것에 당황한다) 아, 예…

여자2 (붙임성이 아주 좋다) 어머니 무얼 하세요?

아내 그냥, 찌개거리를 좀, 뭐 대접할 것도 없어서 말이에요.

여자2 왜 그걸 어머님이 하세요. 그냥 두세요. (휠체어를 굴려서
자신의 존재를 의식시키려는 남편을 보고) 아, 아버님 안녕
하세요?

남편 (역시 여자2의 나이와 거침없는 태도에 나름대로 당황한 상
태다) 어, 그, 예, 예.

여자2 이걸 어쩌요? 편찮으시다는 말은 들었지만, 이렇게 휠
체어까지 탈 줄은 몰랐네요. 좀 어떠세요?

남편 그, 그게, 사, 사실은,

여자2 운동 많이 하세요. 운동을 많이 하면 혈액 순환이 좋아

진다잖아요. 텔레비전 보니까 웬만한 병은 운동으로 다 고칠 수 있다고 하더라고요.

남편   운, 운동이, 좋, 좋기,

아들   (평상에 털썩 앉으며 아버지의 말을 자른다) 누님. 인사는 그 정도로 해 두죠. 자 여기 와서 좀 앉아요.

여자2   (수도대쪽으로 가며) 앉기는 뭘 앉아. 여태 앉아서 왔잖아. 어머님 제가 할게요.

아내   (두부를 썰어 냄비에 넣어 마무리를 한다) 다 했어요. 손 댈 것 없어요. 이제 양념 좀 해서 렌지에 올리고 불만 켜면 돼요. 동수 말대로 좀 거기 앉아 기다려요. (아내 마루로 올라가 주방으로 들어간다)

여자2   아버님, 휠체어 한번 밀어 들릴까요?

남편   어, 그, 뭐,

여자2   (대답을 들을 사이도 없이 휠체어를 밀고 빠르게 마당을 돈다) 이 휠체어 잘 나가네요. 바퀴에 기름칠을 했나 봐요.

남편   어, 휠, 체어,

여자2   (더 빠르게 밀며 달린다) 호숩지요? 신나죠? 예?

남편   (놀라서) 어, 어, 그, 그만 해, 해요. 그, 그만!

여자2   (숨을 헐떡이며 멈춘다) 아, 이것도 일이라고 힘이 드네. (아들이 앉은 평상 옆으로 오다가 감나무를 발견하고) 아, 이 것이 자기가 말한 그 감나무구나. (쳐다보는데 매달린 감은 없다) 감은 열렸었나?

아들   안 열렸을 거야. 지난봄에 왔을 때 보니까 잎만 여기저기 나 있더라고. 감꽃이 없었어. 그게 피어야 감이 열리는 건데.

여자2 수명이 다 한 건가?

아들 모르지. 내가 피가 바짝바짝 말라들어 갈 때 이놈도 물이 졸아붙었는지. 나무도 생각하고 느끼기도 하고 그런다잖아. 어디서 들었는데.

여자2 나도 그런 말 들은 것 같아. 그러니까 다섯 살 때부터 여기 묶여서 맞았다고 했지.

아들 허벌나게 맞았지. 한 일년은 맞으면서 울었어. 그런데 울면 울음이 그칠 때까지 계속 맞는다는 것을 알게 되었어. 계집애처럼 약한 놈이라고 계속 패는 거다 이거지. 그래서 맞으면서도 이를 악물고 안 울었지. 이 감나무만 부둥켜안고 이를 갈면서 말이야.

남편 (자신을 비난하는 이야기라는 것을 알아채고) 이, 개, 개새, 개새끼 같은, 놈아, 그, 그건,

아들 또 사내다운 놈, 강한 놈 만들려고 팼다고 그 말 하려는 거죠? 그래서 집 나가 양아치새끼 되고, 당신 말대로 사람들 물어뜯는 무서운 개같이 살았수다. 무서운 괴물이 됐다고요. 됐소? (다가와서 위협적으로) 그 입 닥치쇼. 지금 확 틀어 막아버리기 전에.

여자2 자기 말이 너무 험하다. 그래도 낳아준 아버지인데.

아들 낳고는 수없이 패 죽인, 너무 고마운 아버지라서 말이야.

여자2 하기야. 자기 말 너무 심하게 한다, 아무리 그래도 이건 말이 안 된다, 그렇게 생각했다가도 또, 자기 당했던 이야기 듣다 보면 어떻게 이해도 되고 그러네. 내 아버지란 인간, 참 지금도 헷갈리네. 엄마는 친아버지라 하고, 아버지는 자기가 양아버지라 하더라고. (아버지의 목소리를 흉내 낸다) 나 만났을 때 네 어미 뱃속에 너 들어 있었다. 남의 씨 내가 뼈 빠지게 일해서 이만큼 키워놓은 거야. 알겠냐? 고마워해야지. (자기 목소리로) 젖가슴 채 솟아오르기도 전에 얼마나 눈총으로 찍어대든지. 고마워서 내가 빤스라도 내리기를 바랐나 보지.

아들 아구창을 날려야 할 개자식이었네.

여자2 초등학교 5학년 때부턴가, 목욕을 하면 훔쳐보는 것 같더라고. 잘 때는 슬슬 젖가슴 주물탕을 하려 들고 말이야. 기분 더러워 중 2때 집 나와 버렸지. 그래도 그 양반 막무가내로 덮치거나 하지는 않았어. 그냥 좀 불쌍한 찌질이었지. 항상 엄마 눈치만 슬금슬금 봤으니까.

아들 지저분한 찌질이 같은데 한편 생각하면 불쌍한 인간이었네. (남편을 무섭게 노려본다) 아무 힘없는 마누라, 자식 새끼나 쥐어 패는 작자를 뭐라 해야 하나, 뭐라 불러야 하지?

남편 (자신에 대한 비난에 강력하게 반응하려 하나 말이 잘 안 나오고 입이 돌아간다. 손을 들어 휘저으려 하지만 그것도 여의치 않다) 어, 버버, 어버버…

아들   (아버지가 하는 꼴을 보다가 혀를 차면서) 예상대로 됐구만. 제대로 병신 됐어. 한번 자빠진 판인데, 그 성깔에 온전히 살까 싶었더니, 아니나 다를까, 아예 어머니 등에 올라타셨구만. 몇 십 년 그렇게 죽도록 팬 걸로 모자라서 이제 영영 죽을 때까지 어머니 피를 말릴 작정이시구만. (여자2에게) 나중에 누님은 차에 가 있는 거야. 아예 못 보는 걸로 해.

여자2   꼭 그래야겠어? 이건 아닌 것 같아. 아무리 그래도 말이 안 되는 것 같단 말이야.

아들   솔직히, 누님이 여기 와서 저 작자 수발 들 거야?

여자2   그것도 말이 안 되지. 나 아비란 작자들 신물이 나.

아들   그럼 가만 있어. 지금 봤잖아. 어머니 이 혹 지고 어떻게 하겠어? 이런 구렁텅이에 어머니 팽개쳐 두고, 나만 살면 된다 그렇게 살 수 있을 것 같아?

남편   (자신을 어떻게 한다는 맥락을 거의 파악하고 공포에 질려서) 이, 이, 이런!

아들   (남편의 반응을 태연하게 받아넘기며) 이 양반, 이 세상 살 만큼 살고 할 만큼 한 양반이야. 이 양반 입장에서 생각해 봐도 그래. 뭐가 낫겠어? 지난번에 왔을 때는 빚 갚는다 그런 생각이었어. 하지만, 지금은 달라. 따지고 보면 말이야, 이리 된 마당에 이렇게 남 등골 빼 먹으면서 짐승처럼 사느니 차라리 그쪽이 낫지 않아.

남편   (비명처럼) 저, 저, 저!

여자2 어유 모르겠다, 자기 이야기 들으면 그게 그럴 것 같고, 돌아서면 또 그건 아니다 싶기도 하고.

아들 이건 내 일이니까 누님은 모르는 거야.

여자2 네 일 내 일이 어디 있니 섭섭하게. 내 앞에서 나 삔치 시키지 않기로 했지.

아들 알아, 하지만, 이건…

아내, 쟁반을 들고 주방에서 마루로 나온다.
쟁반에는 사과 몇 알과 과도가 놓여 있다.

남편 (거의 패닉 상태였다가 아내가 나오자 뭔가 설명하려 하지만 말이 잘 되지 않아서) 이, 저, 개, 자식, 나, 나를,

아내 (남편의 말에 신경을 쓰지 않는다) 좀 있으면 끓겠구만. 참, 점심들 안 먹었지? (마당으로 내려온다)

아들 먹었어요.

여자2 잔뜩 먹고 왔어요, 어머니. 그거 이리 주세요.

남편, 열심히 상황을 설명하려다가 제풀에 지쳐서 고개를 떨어뜨린다.
여자2 아내에게서 쟁반을 받아 사과를 깎는다.
통 채로 껍질을 벗긴다. 빠르게 깎는다.
다 깎은 사과를 들고 누구에게 줄 것인지 주위를 본다.

여자2   (남편에게 내밀며) 사과 드시겠어요?

남편   (좀 전의 일을 잊고 사과에 대한 식탐으로 손을 내밀며) 이, 이, 이리,

아내   (대신 사과를 받으며) 이렇게 주면 못 먹어요. 쥐고 있지도 못 하고. (아들에게 주며) 자, 이건 네가 받아.

남편   (빼앗겼다는 생각에) 그, 이, 이놈, 자, 자식이…

아들   (받았던 사과를 우악스럽게 아버지의 입에 물린다. 떨어진다. 주워서 다시) 자, 입 벌리쇼. (마치 쑤셔 넣듯이 한다) 자, 많이 드시오.

아내   숨 넘어간다. (빼낸다. 남편 캑캑댄다)

아들   사과 먹다가 숨 넘어가면 그것도 좋은 일이네.

남편   (캑캑대다가) 저, 저 쌍, 쌍놈, 이, 이.

여자2   (나무라듯이) 그만 해라 자기야.

아내, 여자2에게 과도를 달라고 해서 사과를 한 조각 잘라서 남편에게 준다. 남편 욕심을 내서 다른 손을 내민다. 아내, 또 한 조각을 잘라 준다. 남편, 누가 뺏어먹기라도 하려는지 한 조각은 입에 물고 남은 손으로 휠체어를 굴려 감나무 밑으로 간다. 사과를 열심히 갉아먹는다.

아들   사과 먹다 떨어뜨렸다고 한 시간이나 물고 있었지. 십 분 정도 지나자 아래턱이 빠질 지경이야. 한번 떨어뜨릴 때마다 빠따 다섯 대씩. 다음 날 하루 종일 입 벌리

고 다녔어, 침 질질 흘리면서. 근육이 굳어서 아구가 달
혀야 말이지. 잊혀지지도 않네. 국민학교 3학년 때야.

여자2 (아내에게 과도를 받아 다시 사과를 깎으며) 그 이야기 저번
날 밤에 사과 먹다가 들었잖아. 하여간 이건 아니다 그
만해.

아들 (수그러든다) 알았어, 누님.

여자2 (사과를 깎아서 아내에게 내민다) 드세요 어머니.

아내 나는 생각 없고, 동수 네가 받아라.

아들 내가 먹지. (받아서 우적우적 먹는다)

아내 (여자2에게) 들어서 알겠지만, 얘가 열다섯에 집 나간 뒤
로 부모 노릇 한 것 없어요. 그래서 뭐라 할 말은 없지
만…

여자2 (사과를 깎으며) 궁금한 것 있으면 말씀하세요.

아내 두 사람이 어떻게…

여자2 (사과를 깎아 먹으며) 솔직히 물으셔도 괜찮아요. 딱 보기
에 나이가 걸리시죠?

아내 (당황하며) 아, 그거 뭐…

아들 우린 동갑이에요.

아내 뭐?

아들 띠 동갑이요.

여자2 장난치지 말고 진지하게 말씀드려.

아들 나 진지하잖아. 사실을 말하는 건데.

아내 그러니까 열두 살 위구만.

여자2 그렇고요.

아들 (여자2의 말을 막으며) 그만 해. 어머니도 그만 해요. 뭐 듣고 말고 할 이야기도 없어요. 누님이랑 합친 지 두 달 됐어요.

아내 네 말투도 그렇다. 누님이라니, 그건 좀…

아들 신경 쓰실 것 없어요. 아무튼 우리 밥 잘 먹고 잠 잘 자요. 그래서 어머니 생각도 나고 해서.

여자2 (아들의 말을 끊으며) 우선 어머니 말씀부터 듣자. 자기는 참을성이 너무 없어.

아들 뭐 내가 말 다 했잖아.

여자2 (나무라듯이) 자기야.

아들 (수그러진다) 알았어.

아내 (여자2와 아들이 수작하는 모습을 물끄러미 본다)

여자2 참 그런데 찌개 다 끓지 않았을까요. 졸아붙을지 모르겠네.

아내 아, 그렇지. 깜빡했네.

여자2 제가 차려올까요.

아내 여기 있어요. 내 금방 가져올 테니까. (아내, 마루로 올라가 주방으로 간다)

아들 쓸데없는 소리를 왜 하려고 해.

여자2 왜? 어머니는 궁금하실 것 아냐. 우리 이야기 못 할 것 뭐 있어? 창피해? 자기는 그렇게 생각해?

아들 그게 아니라…

여자2 그럼 됐어. 자기는 내가 하는 대로 보고 있으면 돼.

아들 알았어.

아내, 냄비 등을 얹은 작은 상을 들고 나온다. 상에는 큰 페트 소주병도 있다.

여자2, 상을 받아 평상에 놓는다.

사과를 깎아먹던 남편, 꾸벅꾸벅 존다.

사과조각을 떨어뜨린다.

아내 너 그때, 김치찌개에 소주 한 잔 한다고 하고선 그냥 가서, 마음에 걸렸다.

아들 (작은 소주잔을 들고) 에이, 이거 감질나요. 큰 잔 줘요.

여자2 맥주 글라스 있죠? (거침없이 마루로 올라가서 주방으로 걸어가며) 어디 있어요?

아내 거기 오른쪽 문으로 들어가 찬장 문 열면, (여자2 주방으로 들어갔다. 아들에게) 어떻게 만난 거냐?

아들 저 사람 편해요.

아내 이제 손찌검은 안 하냐?

아들 내가 가끔 얻어맞죠. (픽 웃는다) 엉덩이요.

아내 사람 안 때리면 됐다.

여자2 (맥주잔을 양손에 두 개씩 들고 나온다) 어머님이 궁금해하실 만한 것, 간단해요. 중2때 가출했어요. 엄마가 주정이 심한 데다 양아버지도 좀 이상했거든요. 이 일 저

일 하고 떠돌다가 좀 더 커서는 술집 이리저리 옮겨 다니며 살았고요. (평상에 와서 맥주잔에 소주를 따른다. 네 개의 잔 모두 채운다) 자, 우선 건배부터 하시죠.

아들 (잔을 든다) 자.

여자2 (아내에게) 어머니도 드세요. (아내 거절하자, 잔을 들려주며) 기념이잖아요.

아내 (어쩔 수 없이 잔을 받는다)

아들 (잔을 하나 더 들고 아버지 옆으로 간다) 자, 아버지도 한 잔 하셔야죠. 며느리 얼굴을 보는 날 술 한 잔이 없어서야 되겠어요.

남편 (잠이 깨면서) 뭐, 뭐?

아내 이제 못 먹는다.

아들 그렇게 잘 드시더니. 그래도 조금이라도 하셔야지요. 왕년의 실력이 있는데.

남편 (아들을 보고) 이, 이, 개, 개 같은,

아들 자, 건배. (아버지의 입에 술을 부어준다. 가슴으로 주르르 흘러내린다)

남편 새, 새끼,

아내 그만 둬라.

여자2 자기야.

아들 알았어. 술이 아깝지. (아버지의 잔을 벌컥벌컥 마신다)

여자2 안주 먹어.

아들 (평상에 와서 찌개를 먹는다)

남편　(입가에 흘린 술을 핥아먹더니 다시 졸음에 빠진다)

여자2　(잔을 비우고) 짐작하시겠지만 이 사람 제가 일하는 가게에서 만났어요. 보름 동안 매일 와서 아주 떡이 되게 퍼먹더라고요. 술 먹고 죽으려 작정한 사람처럼 말이죠.

아들　그 애, 저번에 데려 온 애 말이요. 결국 패서 내 쫓았소. 내가 데리고 있다가는 죽이고 말 것 같았어요. 어느 순간, 휘까닥 머리가 돌면 나도 어쩔 수 없었으니까. 살인자가 될 판이니 별 수 있어야지. 착한 애고, 처음으로 맘 붙이고 살아볼까 했는데, 역시 이 짐승새끼 그대로 두고는 안 되겠더라고요.

여자2　난 그 가시나 못 봤지만, 정이 꽤나 들었나 보더라고요. 하여튼 날마다 소주를 들이붓는 것이 저러다 사람 죽지 싶다가도, 돈은 꼬박꼬박 내고 술 달라고 하니 술집에서 뭐라 할 입장도 아니고, 또 우리 집에서 안 주면 다른 집에 가 먹을 테니 그게 그거다, 그냥 지켜보는데, 하루는 그냥 정신을 잃고 홀에 꼬꾸라졌어요. 끌어다 방에 눕혔는데, 사흘을 내리 자다 깨다 일어나질 못 해요. 정신이 들 때마다 이런저런 이야기 서로 나누다 보니, 나도 불쌍하지만 참 이 인간도 더럽게 불쌍한 인간이다, 해서 마음이 통하고, 몸이 합하고 그리 되데요.

아들　자, 한 잔 해. 목이 타겠네. (따라준다)

여자2　그래, 한 잔 해야지. 자기도. (따라준다)

아들과 여자2 술을 비운다.

아내도 잔을 들어 반을 마신다.

여자2 어머니 술 잘 하시네요.

아내 이제 이거라도 있어야 사니까.

여자2 그렇죠. 술 없으면 가슴 타서 죽을 인간 숱하죠. 술독에 빠져 죽는 인간도 숱하게 많지만. 자기는 내 덕분에 살아난 거야.

아들 알고 있습니다. (장난스럽게) 고맙습니다 누님.

여자2 그러니까 잘 해.

아들 (잔을 채워 반쯤 마시고) 잘 하려고 노력하고 있습니다.

여자2 (아내에게) 참, 어머니 이 사람 뭘 잘 먹어요? 자기는 다 잘 먹는다고 하는데 어렸을 때 뭘 잘 먹었어요? 어렸을 때 엄마가 해 준 음식을 사람은 가장 좋아한다고 하더라고요. 제가 한 번 해 보려고요. 뭘 많이 해 줬어요?

아내 뭐, 이것저것…

여자2 그래도 이 사람이 좋아한 음식이 있을 거 아네요.

아내 생선 지진 것을 좋아했지. 갈치나 꽁치 같은 거.

여자2 그거 어떻게 하는데요? 자기야, 수첩하고 쓸 것 좀 줘봐.

아들 관 둬.

여자2 줘 보라니까. 중요하단 말이야.

아들 (안 호주머니에서 수첩과 볼펜을 꺼내 준다)

여자2 자, 어머니 말씀해 보세요.

아내 (여자2의 진지한 태도에 얼떨결에 떠밀리며) 냄비에 식용유를 붓고, 무하고 양념하고 넣고 자글자글 볶지.

여자2 (적으면서) 좀 천천히 말씀하세요. 식용유, 무하고 양념하고 넣고 자글자글 볶고요. 자, 다음에요.

아내 물을 붓고 토막내 놓은 생선 넣고 끓여야지.

여자2 얼마나 오래요?

아내 끓어오를 때 불을 약하게 해서 오래 끓여.

여자2 그럼 다 된 건가요?

아내 불 끄기 전에 대파 썰어 넣으면 좋지.

여자2 불 끄기 전, 대파를 썰어 넣는다. 완성! (수첩을 접어 볼펜과 함께 아들에게 주며) 잘 넣어 둬. 다 자기 위해서 이러는 거니까. (애교를 부린다) 어때, 이만한 각시 없지? 나한테 잘 해.

아들 (장난스레 받는다) 알았습니다. 그래서 오늘도 이렇게 온 것 아니겠습니까. 어머니 숨통 열어드리고 누님한테도 아주 잘 하면서 살아보려고요. 우리 잘 먹고 잘 살아보자 하다가도, 어머니 생각하면 영 목에 가시가 칵 걸린 것 같아서…

아내 여기는 그냥 잊고 살면 된다. 생각도 하지 마.

아들 아닙니다. 그렇게는 할 수 없습니다. (남은 잔을 비우고 다시 술을 채워 벌컥벌컥 마신다. 뭔가 결심을 한 기색이다)

여자2 (그 기색을 눈치 채고, 아무래도 만류해야 할 것 같아) 자기야.

아들   오늘만이야, 누님. 다른 때는 누님 말 잘 들을게. 나가 차에 있어.

여자2   (잔을 채우며) 아니 여기 있을래.

아들   누님!

여자2   내가 누구야?

아들   왜 그래.

여자2   내가 봐서는 안 될 짓을 자기가 하면 되겠어? 그러니까 내가 있어야지. 자기는 나를 속이고, 내가 못 볼 짓을 하는 것이 아니다 이거야. 자신한테 떳떳해? 나한테도 떳떳해? 그럴 자신 없으면 가만있어. 하여간 나는 여기서 안 나가.

아내   (의혹으로) 동수야.

아들   좋아. 누님의 판단대로 해. 나도 아무 것도 숨기고 싶지 않으니까.

여자2   (술잔을 들고 옥상으로 올라가는 시멘트 계단으로 간다. 옥상을 보며) 저것이 그 유명한 쇠기둥인 모양이네. (계단으로 올라가서 쇠기둥 옆에 서서 손으로 쓰다듬는다) 여기 전망 좋네. (옥상을 이리 저리 거닌다)

아들   (술잔을 비운다) 어머니 내 말 잘 들어요. 이제 나 때문 아니에요. 지난번에는 그 애랑 살아보려고 그랬는데 이제 아니라고요.

아내   (놀라서) 너, 지금 무슨 말, 하려는 거야?

아들   나 이 꼴 더 이상 못 봐요. 저 아버지란 작자 어머니 피

빨아먹는 것 더 이상 못 본다고요. 사실, 저 꼴로 살아서 뭐 하겠어요. 본인을 위해서도 이제 그만 끝내야죠. 간단한 일이에요.

아내　피를 빨아먹든, 빨리든 네가 상관할 일이 아니다. 이건 내 일이야.

아들　내가 국민학교 4학년 때든가, 수유리 골짜기로 소풍 갔던 일 생각나요?

아내　소풍?

아들　저 아버지란 작자가 무슨 바람이 불었는지, 우리 가족 소풍을 가자 했지요. 엄마는 김밥 싸고, 통닭도 사서 갔지요. 돗자리 펴고 점심도 맛있게 먹고, 나는 아래 개울가에 가서 송사리를 잡고 놀았어요. 오랜만에 참 기분이 좋더라고요. 병에 송사리 몇 마리 잡아 올라오는데, 쩍쩍 마치 나뭇가지가 찢어지는 것 같은 소리가 들리는 거예요. 나무 사이로 보니까 저 아버지란 작자가 혁대로 어머니를 후려치고 있더라고요. 생각 안 나세요?

아내　(기억 때문에 몸서리를 치지만) 모르겠다. 잊었다.

아들　달려가서 말리고 싶었어요. 힘만 있으면 어머니를 구하고 싶었어요. 하지만 무서웠어요. 내가 나타나면 나도 그 혁대로 후려칠 것이 뻔했으니까요. 나는 그 자리에서 오줌을 지리다가 도망가고 말았어요. 그것이 내가 처음으로 한 가출이었지요. 하루 만에 돌아갔지만. 돌아가서는 계곡에서 길을 잃었다고 했지만 그것 거짓말이었어요. 도망간 거예요. 맞는 어머니를 버려두고 도망간 거라고요! (남편을 손짓하며) 저 작자 이 지경이 되어서도 어머니를 괴롭히고 있어요. 더 이상 도망 갈 수 없어요. 어머니를 이렇게 버려 둘 수 없다고요!

아내 어린 네가 뭘 어떻게 할 수 있었겠냐. 버려두고 도망 간 것 아니다. 지금도 마찬가지다. 이건 내 일이야. 너는 그냥 네 앞만 보고 가면 된다. 가라! 가서 이 집에서 일은 싹 잊고 살아!

아들 그게 안 돼요. 그게 안 된다고요. 집 나간 뒤에도 저 아버지란 작자에게 맞는 꿈 숱하게 꿨어요. 발가벗기고 감나무에 묶여서, 기둥에 묶여서, 한참 맞다 보면 어느새 맞는 사람이 바뀌져 있어요. 어머니가 묶여서 맞고 있는 거예요. 꿈속에서도 얼마나 죽이고 싶었던지. 한데, 이제 꿈이 달라졌어요. 지난번 왔다 간 뒤에 말이죠. 저 작자가 어머니 등에 올라타서 숨통을 조이는 거예요. 어머니는 얼굴이 파랗게 되어 곧 숨이 넘어가요. 그래서 내가 온 거예요. 아니나 다를까. 저 꼴이 됐네요. 꿈이 제대로 맞은 것 아닙니까. 저런 꼴로 살아서 이제 어머니 숨통을 조이고 피를 말린다고요.

아내 누구를 위해 그런다고?

아들 어머니요. 그리고 저 작자를 위해서도 필요한 일이에요.

아내 나를 위해서라면 그럴 필요 없다. 저 인간도 그걸 원하지 않을 것 같고.

아들 정신이 없어지면 짐승이나 벌레가 되는데 무슨 판단을 하겠어요.

아내 이게 다 너를 생각해서 그런 것 아니냐?

아들 예?

아내 네 마음이 안 편해서 그런 것 아니냔 말이다. 나를 위해 서라면 그럴 것 없다니까. 지금까지 너를 위해 산 것처럼 그냥 그렇게 살아.

아들 그랬어요. 나를 위해 정신없이 살았어요. 열다섯에 거리로 나간 놈이 어떻겠어요? 양아치 짓 하면서 하루하루 살아남느라 정신이 있었겠어요?

아내 그래, 그랬겠지. 입이 열 개라도 할 말이 없다. 저 인간은 물론이고 나도 그래.

아들 어머니가 왜요? 입을 열기만 하면 주먹이 날아오는데 무슨 힘이 있어요. 자식새끼 팽개치지 않고 버티고 산 것만도 대단한 거지.

아내 (조용히) 내 손으로 죽이든지 내가 죽든지 해야 했다. 우리 모두 같이 죽어버렸든지. 그래야 자식이 제 아비 숨 끊겠다고 나서는 이런 흉악한 꼴 없었을 거다. 내 죄도 커.

아들 어머니.

아내 나를 생각해서 이런다고 했냐?

아들 말을 했잖아요.

아내 (옥상을 턱짓하며) 이제 저 여자만 생각하고 살아라. 그럼 돼.

아들 그게 안 돼요. 누님 보면 어머니 생각 안 할 수 없어요. 더 생각이 난다고요. 저 아버지란 작자가 어머니 숨통을 조이는 게 눈 앞에 훤히 보이는데 어떻게 잊고 살아요.

아내 그러니까 너 때문이고 저 여자 때문이구나. 네 애비란 인간이 죽어줘야 너희들이 마음 편히 살 수 있다는 것 아니냐. 나도 잊어버릴 수 있고 말이지.

아들 그 때문이든, 이 때문이든 마찬가지예요. 하여튼 저 아버지란 작자는 사라져줘야 한다고요. 살만큼 살고, 할만큼 했으니까.

아내 네 애비 죽이려면 먼저 나를 죽여라.

아들 어머니.

아내 그러기 전에는 안 돼.

아들 어머니!

아내 내 눈앞에서 그럴 수 없다. 그건 안 돼! 그냥 가. 저 여자를 불러야 하겠냐. 저 여자 말은 잘 듣더구나.

아들 어휴! (술을 콸콸 흘러넘치게 따른다)

여자2 (옥상에서 내려다보다) 자기야, 그 술 가지고 이리 올라와. 시원해서 술 깰 것 같다. 올라오라니까.

아들, 술이 가득 찬 잔을 들고 옥상으로 올라간다.

여자2 자, 우리 이 쇠말뚝을 위해 건배!

아들 (허허 웃으며) 좋아, 건배!

여자2 (잔을 옥상 턱 위에 올려놓고, 쇠말뚝을 툭, 툭 치며) 요놈이 그 악몽의 뿌리구만. 여기다 발가벗겨 묶었다. (아들의 잔을 뺏어 옥상 난간 턱 위에 올려놓고 아들의 넥타이를 풀려고 한다)

아들 왜?

여자2 한번 해 봐.

아들 왜 그러냐고?

여자2 이 누님 하는 대로 따라 해 봐. 자기가 묶여 있는 걸 보면 내 가슴으로 더 폭 안아줄 수 있을 것 같거든. 한번 해 보자고.

아들 참, 나…

여자2 이렇게 묶었다 이거지. (넥타이로 아들의 두 손을 쇠말뚝에 묶는다. 힘껏 잡아당긴다)

아들 아, 아파.

여자2 실감이 나야지. 자 다 묶었다. 그리고 뭘로 때렸다고?

아들 허리띠. 야구 방망이. 각목. 주먹. 발.

여자2 언제? 낮에? 밤에?

아들 낮이건 밤이건 안 가렸지. 특히 밤이면 무서웠어. 골목 길에서 아버지 술 취한 발자국 소리가 들리면, 이가 덜 덜 떨리기 시작하는 거야. 오줌도 찔끔찔끔 나와. 대문을 힘껏 걷어차는 소리. 이 새끼야 외치는 소리. 온 몸에 소름이 돋아. 빤쓰 벗고 안 튀어 나오냐 엉! 난 정신 없이 뛰어나가. 옥상으로 뛴다. 실시! 난 맨발로 옥상으로 뛰어오르지. 뒤따라온 아버지는 내 손을 쇠기둥에 묶어. 아버지 잘못했어요. 용서해 주세요. 무릎 꿇고 정신없이 빌지. 손바닥이 화끈하도록 비비면서 말이야. 아버지, 잘못했어요. 용서해 주세요. 정말 잘못했어요. 울면서 마구 빌었어. 아니, 사내새끼가 질질 짜기는, 뭐가 이리 허약해. 그래서 이 험한 세상 어떻게 살아 나가냐 말이다, 이 못난 새끼야. 사내새끼는 강해야 해! 이 쇠말뚝처럼 강해야 한단 말이야! 알아! 강해야 살아남는단 말이다, 이 새끼야! 때리고, 또 때리고, 너무 아프고 무서워서 미칠 것 같았어. 차라리 죽어버렸으면 그럼 아프지도 무섭지도 않을 텐데… (운다)

여자2 (안아 준다) 울어, 울어. 그때 엄마는 뭘 하고 있었대?

아들 (소리를 높여 운다)

여자2 그래, 그랬겠지. 사내라는 미친 짐승은 말리면 더 날뛰니까. 엄마는 피가 말라도 어쩔 수 없었을 거야. 울어, 실컷 울어.

아들, 여자2의 품에 안겨서 아기처럼 운다.

아내, 가득 찬 술잔을 들고 휠체어의 남편에게 간다.

남편의 뺨을 갈긴다.

깜짝 놀라 깨어나는 남편. '어, 어버버' 도리질하는 남편의 입을 벌리고 술을 붓는다.

사이.

아들, 여전히 여자2의 품에 안겨 울고 있다.
무대, 천천히 어두워진다.

3장

2장으로부터 반 년 가량이 흐른 봄날이다.

따뜻한 낮이다.

휠체어를 탄 남편, 무대 중앙인 마당 가운데에 있다. 그 사이 한 번 더 쓰러지고 치매가 많이 진행된 상태다.

아내, 수도대에서 고무 다라이 속에 든 남편의 속옷을 빨고 있다.

남편, 손을 힘들게 들어 올리고 얼굴 근육을 일그러뜨리면서 어떤 의사 표시를 하려고 하지만 쉽지 않다. 손을 떨어뜨리고 입을 열어 말하려 하지만, 그도 여의치 않다.

남편　(겨우 입이 열려서) 여… 보, 여, 보. 사… 랑… 해, 사랑, 해. 사랑해. (무언가를 요구하는 것이다)

아내　(반응 없이 빨래만 한다)

남편　(좀더 큰 소리가 된다) 여… 보, 여, 보. 사… 랑… 해, 사 랑, 해. 사랑해. (휠체어를 좀 밀어달라는 듯도 하다)

아내　(돌아보지도 않고 버럭) 시끄러워! 지금 빨래하는 중이잖 아.

남편　(움칠 하는 기색이다. 낮게 뭐라고 중얼거리는데 무슨 말인가 알아들을 수 없다) …

다시 남편은 햇빛 바래기를 하고 아내는 빨래를 한다.

사이.

아들과 여자3, 함께 열린 대문으로 들어선다.
자동차 소리 같은 것은 들리지 않았다.
아들은 1, 2장과 달리 작업복 바지와 점퍼 차림이다. 홍삼액 박스를 든 여자3은 아들과 비슷한 나이로 보이는데, 병색이 있는 창백한 얼굴이다. 차림도 회색 바지와 갈색 블라우스의 수수한 차림이다.
남편과 아내, 아들과 여자3이 들어선 것을 모르고 있다.
아들, 물끄러미 아버지와 어머니를 바라본다.

사이.

아들   어머니.

아내   (고개를 돌려서 보고 놀라 일어서며) 아니, 네가, 연락도 없이.

아들   예, 그냥 왔어요. (여자3을 돌아보며) 인사 드려.

여자3   안녕하세요.

아내   아, 예.

아들   (아버지를 턱짓하며) 더 안 좋아졌네요.

아내   한번 더 쓰러졌다. 치매도 심해졌고.

여자3   (휠체어의 남편 앞으로 가서) 안녕하세요?

남편   (힘들게 고개를 들어본다) 어… 어? (궁금하다는 의문형이다)

여자3   (남편의 뜻을 감지하고) 예, 저 동수씨랑 온 사람이에요.

남편   그… 으… 어…

아내   (여자3에게) 이리 와서 좀 앉아요.

여자3   예, 어머니.

여자3, 평상에 와서 앉는다.

아들, 여자3의 옆에 앉는다.

아내   뭐 마실 거라도? 이렇게 갑자기 와서 뭐 대접할 것이…

아들   아니요. 우리 점심도 먹고 커피도 마시고 했으니까 필요 없어요. 이리 앉으세요.

여자3   (옮겨서 자리를 넓혀주며) 앉으세요 어머니.

아내   (앉는다) 이렇게 갑자기?

아들   이번 주 일요일, 그러니까 5일 남았네요.

아내   (아들과 여자3을 번갈아 본다)

아들   충청도에 있는 작은 절, (여자3에게) 참, 이름이 뭐라고 했지? 절 이름이란 것이 비슷비슷해서 그런가 자꾸 까먹네.

여자3   연화사요.

아들   그래, 연화사. 이 친구가 다니면서 구경해 본 곳 중에서 제일 마음에 든대요.

여자3   (좀 부끄러워하며) 가 본 데가 별로 없어서요.

아들   거기 가서 그냥 간단하게… 결혼식이라고 할 수는 없고, 아무 것도 안 하는 것도 뭐 하고 해서요.

여자3   동수씨가 고맙게 제 뜻을 받아줬어요.

아들   거기 가서 반지 하나씩 서로 끼어 주고, (여자3에게) 참, 그 반지 좀 꺼내 봐.

여자3   (핸드백에서 반지 케이스를 꺼낸다) 그냥 금 한 돈씩으로 한 거예요. (아내에게 케이스를 내민다)

아내   (받아서 열어 반지 두 개를 꺼내 본다) 예쁘다.

여자3   어머니 모시고 갈게요. 아침에 같이 출발하게요.

아들   이 친구 쪽은 아무도 없고, (휠체어를 턱짓하며) 저러니 어머니도 꼼짝 못 할 것 같아 그냥 우리 두 사람만 갈까 했는데, 이 친구가 우기네요.

여자3   예, 아버님은 어려우실 것 같고요. 산길을 한 20분 이상 올라가야 하거든요. 하지만 어머님은 모시고 싶어요.

아내   (아들과 여자3을 물끄러미 본다) 난 됐다. (여자3에게) 고마워요. (남편의 휠체어를 보며) 저러니 나는 여기 있어야지.

여자3   하지만…

아내   내가 있으나 없으나, 그건 아무 문제가 아닐 거고, (아들을 보며) 그런데, 이제는. (말을 하기 어렵다)

아들   (어머니가 하려는 말을 알아챈다) 말해도 돼요. 여기 여자들 두 번 데리고 왔었단 것, 이 친구 잘 알아요. 내가 다 말했어요. 첫 번째는 내 손으로 때려죽일 것 같아 보내

	준 것도 알고, 두 번째는, 참 그건 어머니도 모르겠네요.
아내	힘들 것 같았다.
아들	누가요?

여자3, 조용히 일어선다.

아들, 눈짓으로 어디 가려느냐고 묻는다.

여자3, 옥상을 가리키며 작은 소리로 "바람 쏘이려고요" 한다.

아들, 시계를 본다. 여자3 자기 시계를 가리키며, "곧 내려와요" 한다.

여자3, 시멘트 계단을 올라가 옥상을 거닌다.

아들	참, 좀 전에 뭐라 하셨죠?
아내	힘들 것 같았어.
아들	누가요? 내가요?
아내	아니, 그 여자가 말이다. 어미 노릇 남이 하는 것 아니다. 제 새끼한테도 힘들 수 있으니까.
아들	아, 누님 말이군요. 그래요. 그 여자는 스스로 떠났어요. 간다고 해서 며칠 동안 내가 온갖 지랄하고 매달렸는데, 한번 떠난 마음 안 돌려지더라고요.
아내	그래, 가겠다는 사람 붙잡는 것 아니지. (옥상을 힐끗 보고) 이번 사람은…?
아들	이제 미친 짐승 떼 내고, 개지랄 안 떨고, 그냥 살아질 것 같아요. 저 친구랑 있으면 할 수 있을 것 같아요. 저

예전에 하던 일 그만 뒀어요. 사실, 그거 돈은 좀 만졌지만 인간 백정 같은 일이었거든요.

아내 잘 했다. 인간 백정 같은 짓이라면 당연히 그만 둬야지. 듣고 보니, 이번 사람은 다르구나. 이유를 알 수는 없다만.

아들 예, 달라요. (시계를 본다) 15년 만에 불쑥 나타난 놈이, 두 번씩이나 그 지랄 떨고 가서, 가슴에 어머니 많이 걸렸어요. 그런데 저 친구 만나고, 이제 마무리를 지을 수 있을 것 같아서 온 거예요. 뭐 결혼식이랄 것도 없는 걸 한다고 알려주러 온 것이 아니고요. 어머니가 보시면 이제 이놈이 그냥 사람처럼 살겠다 안심을 할 것 같아 온 거라고요. (시계를 본다) 참, 사람 몸이란 것이 시계 못지않게 정확하대요. (여자3에게) 내려와. 거기는 위험할 수 있어.

아내 (영문을 몰라) 무슨 소리냐?

아들 곧 보시게 돼요. 이 짐승 같은 놈이 사람들한테 무슨 짓을 하고 살았는지. 왜 아버지를 죽여 버리고 싶었는지. 그런데 어째서 사람으로 살 생각을 하고, 그렇게 살 수 있을 것 같은지. 어머니도 보시면 이해하게 될 거라고요. 그걸 어머니에게 보이려고 온 거고요. 저 친구가요, 제 먹이였지요, 저는 사나운 짐승이고 저 여자는 먹이였단 말입니다. 그걸 어머니에게 보여줄 거예요.

아내 (시멘트 계단을 조심스럽게 내려오는 여자3을 보며 작은 소리로) 네가 무슨 짓을 했다는 거냐?

아들　보세요. (시계를 본다) 이제 보시면 알아요. (아버지가 탄 휠체어를 수도대 옆 벽 쪽으로 밀어버린다)

여자3　(빈 마당 가운데로 온다. 시계를 본다. 아내에게) **죄송해요 어머니. 이런 꼴 보여 드리기 그런데…**

채 말을 끝맺기 전에 여자3, 마치 감전이 되는 듯 파르르 떨다가 풀썩 쓰러진다.

쓰러져서 뒤틀리는 몸으로 마당을 긴다. 엄청난 고통으로 온 몸이 쥐어짜지는 듯, 갈래갈래 찢어지는 것 같은 고통스러운 신음이 터져 나온다.

이 고통은 아래 장면 동안 지속된다. 여자3은 마당을 온 몸으로 기면서 비명을 내지르는 것이다.

여자3이 끔찍한 고문을 당하는 듯 겪는 고통은, 너무도 가혹하고 처참한 상태여서, 지켜보는 사람까지 견디기 힘든 심리적 상황으로 몰아넣을 정도다.

아내　(당연히 심하게 당황하여) 이게, 이게 무슨, 왜, 왜 이러는 거냐?

남편　어… 으… 버… (하다가 갑자기 좀 발음이 또렷해지면서) 여… 보… 여…

아들　(여자3의 고통을 이를 악물고 버틴다) 아, 으, 으…

아내　어떻게 해야 하니? 병원에 가라. 못 보겠다. 뭘 어떻게

해야 해 응? (여자3에게 다가가려 한다)

아들   (온 힘을 다해 자신의 고통을 견디며, 어머니를 저지한다) 그만 두세요. 다 소용 없어요. 시간이 지나야 해요. 그래야 풀려요.

아내   못 보겠다, 정말 못 보겠어!

남편   사… 랑… 해… 사… 랑…

아내   (남편에게 버럭) 주둥이 닥쳐!

남편   그… 으… 아…

아들   (밀려오는 고통과 싸우며) 이 시간이에요. 마취가 풀린 시간이. 인간 백정들이 저 친구 신장을 떼 냈거든요. 친구 보증 서 준 탓으로, 쓰지도 않은 빚 대신에 신장을 떼인 것이죠. 군대에서 의무병 제대한 놈이 칼로 그냥 옆구리 째고, 신장 떼 낸 뒤에 대충 꿰매요. 그 인간 백정들 한 가운데에 이놈이 서 있었네요. 마취가 잘못 돼 그만 몇 시간이나 앞에 풀려버렸어요. 이 시간이 그 시간이에요!

아내   뭐, 뭐라고?

아들   이놈이 인간 백정으로 저 사람 신장을 떼 낸 패거리라고요.

아내   (자기 자식을 그렇게 만든 어미의 고통으로 얼굴이 일그러져 머리를 쥐어뜯는다) 아, 으, 어…

아들   (사력을 다해 고통을 견뎌내며) 빌린 냉동차 속에서 한참 수술 중인데 마취가 풀려버린 거예요. 다시 마취할 시간은 없고요. 묶여서 피투성이로 몸부림치는데, 피가 소나기처럼 온 사방에 터지고, 온갖 험한 꼴 본 양아치 새끼들도 얼굴이 사색이 됐어요. (깊은 고통으로 입이 굳지만 안간힘으로, 자기 가슴을 주먹으로 치면서) 이 양아치 새끼는 그걸 보며 꼼짝 않고 서 있었어요. 그런 중에도 미친놈처럼 이런 생각이 들데요. 이 여자하고 살고 싶다, 이 여자라면 가능할 것이다. 함께 살 수 있을 것이다. 피를 흠뻑 뒤집어쓰고 말이에요.

아내   그만 해라, 그만 해!

아들   해야 해요. 어머니도 들어야 하고요. (아버지를 턱짓하며) 저 작자가 들어야 하지만, 저렇게 됐으니 어쩔 수 없죠. 우린 한 가족이었으니까 어머니도 들어야 할 이야기죠.

아내   동수야, 그만…

아들   까무라친 저 친구, 꿰매고, 진통제 주사 놓아 겨우 재웠죠. 그 뒤 내 방에 데려가 보름 동안 내가 소독하고 약 먹이고 간호했어요. 그러면서 그 인간 백정 짓 그만 뒀고요. 사람 몸이란 것이 참 신기한 거네요. 이 시간, 마취가 풀린 시간, 신장 떼 내던 그날 이 시간 말이에요. 이 시간만 되면 저 친구, 저렇게 끔찍한 고통을 겪어요. 매일 거르지 않아요. 병원에 가 보고, 한의원에도 가 봤지만 방법이 없어요. (다시 자기 가슴을 주먹으로 치면서) 이 짐승, 저 친구 피를 온 몸에 뒤집어쓴 것으로, 이제 사람 될 수 있을 것 같은데, 이제 미친 짐승 떼 내고 살 수 있을 것 같은데, 그걸로는 부족한가 봐요. 날마다 이 시간이면, 저렇게, 저렇게, 이놈을 벌을 주네요. 사람으로 살아가라고 말이에요…

아들은 더 이상 고통을 견디지 못 하고 비명을 지르며 평상에서 마당으로 무너져 내린다. 아내 역시 견딜 수 없는 고통으로 신음하며 풀썩 옆으로 쓰러져 평상에 눕는다.
여자3은 여전히 바닥을 온 몸으로 기며 끔찍한 고통과 싸우고 있다.

사이.

아들, 무엇을 생각한 듯 벌떡 일어나서 집 뒤로 달려간다.
곧 창고에서 곡괭이를 꺼내 온다. 옥상으로 달려 올라간다.
쇠기둥 아래를 내리친다. 사방으로 튀는 시멘트 조각들.
아들, 미친 듯이 곡괭이질을 한다.
아들, 쇠기둥을 뽑아내 가지고 내려온다.
마당으로 내려온 아들 쇠기둥을 남편의 휠체어 앞에 던진다.

남편 여… 보… 사… 랑… 해…

아들, 헐떡거리며 마당에 주저앉는다.

사이.

여자3, 고통에서 풀린다.

잠시 혼절한 듯 조용히 있다.

사이.

눈을 뜨고 천천히 일어난다.

아들도 따라서 일어나고 아내도 몸을 일으킨다.

여자3 (옷을 털면서) 죄송해요.

아들 (여자3의 몸에 묻은 검부러기들을 꼼꼼하게 떼어준다)

아내 (물끄러미 보다가 여자3에게) 고마워요.

아들 (어머니를 돌아보며) 저, 이 집, 이 집에서의 기억, 시간들 모두 잊을 거예요. 어머니도요.

아내 그래. 그래야지.

아들 이제 저 할 수 있을 것 같아요. 보셨잖아요.

아내 (천천히 고개를 끄덕이며) 나도 믿는다. 이제 믿을 수 있어. 잠깐만 기다려.

아내, 마루를 통해 안방으로 들어간다.

곧 나온다. 손에 봉투를 하나 들었다.

아내 (여자3에게 주며) 자 받아요.

여자3 예?

아들	뭐예요?
아내	너 집 나가고 난 뒤 조금씩, 조금씩 모았다. 이런 날이 올 수 있는지 알 수 없었지만, 그래야 네가 살아 있을 것 같아서. 두 사람 옷 한 벌씩 맞춰 입을 수 있을 거야.
여자3	어머니. 저희들 부족하지만 살아갈 수 있어요. 그냥 두세요.
아내	받아요. 받아야 해.
아들	받아.
여자3	(받는다) 고마워요.
아내	자, 이제 가. 됐다, 됐어.
아들	알았어요. 갈게요.
여자3	어머니…
아내	말 안 해도 알아요. 아무 말 하지 말고 그냥 가요.
여자3	(휠체어의 남편에게 가서) 안녕히 계셔요.
아들	(아버지에게 가서 물끄러미 바라본다) 제 속의 이 짐승 죽이고 있어요. 거의 다 죽였어요. 죽일 수 있습니다. (어머니 앞에 와서) 갈게요.
아내	그래 가. 이제 앞만 보고 살아.
여자3	안녕히 계셔요.
아내	그래, 가서 잘 살아요.

아들과 여자3, 대문 밖으로 나간다.
아내, 들어온다.

남편의 휠체어를 끌어다 마당 가운데에 놓는다.

집 뒤로 들어가 창고에서 의자(비치파라솔 아래에 놓임직한 흰 의자)를 하나 가져와 휠체어 옆에 놓는다.

다시 집 뒤로 돌아가 창고에서 손가락 굵기의 줄을 가져온다. 그리고, 마루를 통해 주방으로 가서 검은 비닐봉지를 두 개 가져온다.

아내는 이 모든 것을 침착한 행동으로 차근차근 한다.

남편은 영문을 몰라 궁금하다는 듯 "으… 어… 그…" 하면서 안간힘으로 손을 들어올려 흔들곤 한다. 하지만 자신의 힘으로 휠체어를 굴릴 수는 없으니 그대로 앉아 있다.

검은 비닐봉지를 가져온 아내, 밧줄로 남편을 휠체어에 묶는다. 두 팔을 밧줄 안에 넣어 고정시켜 묶는 것이다.

남편　(영문을 모른 채로 당황하고 불안해서) 여… 보… 여보…
　　　　사… 랑… 해… 사랑…

아내　(힘껏 잡아당겨 묶으며) 욕을 해. 차라리 욕을 해.

남편　(뭔가 불안이 덮치는 것 같다. 말은 좀 빠르고 분명해진다)
　　　　여, 여보… 사, 사랑해…사랑…

아내　(마무리를 하며 버럭) 욕을 하라니까!

남편　(상당히 강하고 분명한 목소리) 그, 래, 이, 개, 개쌍, 개쌍
　　　　년!

아내　(고개를 끄덕인다) 그래. 당신은 그게 어울려. 이제 동수
　　　　살게 됐으니 다 됐수다. 당신 할 일이야 쓰러지면서 끝

났을 테고, 나 할 일도 이 일이면 끝나겠소. 참으로 징글징글하게 긴 세상이었네. 당신은? 어땠소? 마지막으로 할 말은 하고 가시오.

남편   (공포에 질려 말이 뭉개진다) 으… 그… 이… 아… 여… 여… 보… 사… 사… 랑…

아내   그래, 됐소. 자 이제 됐소.

아내, 침착한 손길로 남편의 머리에 검은 비닐봉지를 씌운다.
턱 밑에서 꽉 당겨 묶는다.
남편, 나름대로 저항해 보려 하지만 꼼짝할 수 없다.
숨이 막혀서 버둥거린다.

아내   (고통스럽게) 당신 생각나지요? 신혼여행이라고 부곡 갔다 와서, 며칠도 안 돼 당신은 삼척에 공사 있다고 가고, 한 달 반만에 오지 않았소. 온다는 전날 시장 봐 놓고, 그날은 아침 식전에 목욕탕 갔다 와서 부지런히 음식 장만했지요. 점심 전에 온다기에 급한 마음으로 이것저것 무치고 끓이고, 새 옷도 갈아입고요. 시집 올 때 가져온 돈 좀 헐어서 레이스 달린 흰 블라우스랑 공단 치마, 아래 위 맞춰 한 벌 샀지요. 점심 전에 한 상 잘 차려놓고, 머리 빗고 옷 입고 기다렸지요. 대문 박차고 들어온 당신은 전날 술이 과했는지 그때까지 얼굴이 감홍시 같더군요. 그런 얼굴로 밥상 훑어보고, 내 얼굴 째

려보고, (갑자기 새된 소리로) 흥청망청 썼구나! 살림 잘 하겠다, 이년아!

남편, 온 몸으로 버둥거리지만 어쩔 수 없다.

아내   (온 몸을 짓누르는 고통으로 목소리가 갈라진다) 서방은 밖에서 좆 빠지게 일하는데, 계집이란 것은 안에서 돈 쓸 궁리뿐이냐. 주먹이 날아왔지요. 난 뭐가 잘못됐는지도 모른 채 무조건 엎드려 빌었지요. 잘못했어요. 잘못했어요. 용서해 주세요. 잘못했으니 맞아 이년아! 발에 채여 밥상이 엎어졌지요. 잡채고 갈비찜이고 병어조림이고 목단꽃 무늬 비닐 장판 위에 질펀하게 쏟아졌지요. 나중에 당신이 말했지요. 국 없는 밥상이 어디 있냐, 밥상 척 보는데 머리가 확 돌아 버리데. 성질 뻗쳐서 밥상 찼다. 전날 술 먹어 목이 타는데 물 없는 음식만 잔뜩 차려 놨으니 성질 안 나겠냐. 반찬에 뭉개지고 코피며 입술이 터져, 당신 나가고 한참 뒤에 정신 차려 일어나서 거울 보니 낯바닥에 엉긴 것이 뭐가 양념인지 피인지 구분이 안 가데요. 밤늦어 잔뜩 취해 들어와서 자빠져 자는 당신 내려다보다, 결혼이란 것을 했으니 죽어도 같이 죽고 살아도 같이 살자, 그래, 너 죽고 나 죽자, 식칼 들고 부엌문 나서는데 아무래도 속이 이상해, 하루만 참자, 그 다음 날 박 산부인과, 버스 정류장 옆에

있던, 벽에 파란 뺑끼칠 한 병원 말이에요. 그 병원에
갔더니 애가 생겨 있더라고요. 그래서 참고, 그래, 사는
데까지 살아보자, 그랬던 것이, 또, 그렇게 참고, 그래
서, 참 징그럽게 오래도 왔네요.

남편, 점점 힘이 빠진다.
아내, 온 생애를 쥐어짜는 듯한 마른(乾) 울음으로 얼굴이 일
그러진다.

아내　(마음을 찢는 고통으로 쉰 목소리처럼 되어서) 곧 끝나요.
그 후로 당신 그 억센 주먹에 수없이 맞아 이 부러지고,
피 쏟고, 지근지근 밟힐 때, 난 지옥 문턱을 몇 번이나
갔다 왔소. 당신은 왜 그랬소? 어째서 그랬소? 지 아내,
지 자식 지옥 문턱 왔다 갔다 할 때 어떤 심정이었소?
언제든지 한번 물어보고 싶었는데 대답 못 듣고 마네.
당신 보내는 지금 내 심정하고는 다를 것 같은데. 나,
원망으로 한으로 이러는 것 아니요. 이제 나 지금 아무
마음도 없소. 동수 사람으로 살면 우리 다 된 것이오.
자, 먼저 가시오. 이제 끝났으니까.

남편의 움직임 잦아진다.
이제 미세한 움직임도 그쳤다.

아내   (남편의 죽음을 확인한다. 소진하여 재가 된 목소리) 이리 되고 말았네. 그래, 다 됐소. 다 됐어요.

아내, 이로 당겨가며 밧줄로 두 손을 묶는다. 묶인 두 손으로 비닐봉지를 머리에 씌운다. 봉지를 턱 밑에서 단단히 졸라맨다. 그리고, 묶인 두 손을 의자 왼쪽 다리에 끼워 손이 다리 뒤로 가게 한 뒤 의자에 앉는다. 아내의 자세는, 왼쪽으로 좀 기울었지만, 벌 받는 학생처럼 의자에 단정히 앉은 자세가 된다. 아내 머리의 비닐봉지도 부풀었다 가라앉았다 하면서 얼굴에 달라붙는다. 숨이 막힌다. 아내 자세를 유지하며 버틴다.

긴 사이.

마침내, 아내의 숨이 멈춘다.

남편과 아내, 검은 비닐봉지를 쓴 채, 무슨 부부사진처럼 나란히 앉아 있다.

사이.

막 내린다.

끝.

한국 희곡 명작선 10

사랑이 온다

초판 1쇄 인쇄일   2019년 1월 16일
초판 1쇄 발행일   2019년 1월 25일

지 은 이   배봉기
만 든 이   이정옥
만 든 곳   평민사
           서울시 은평구 수색로 340 [202호]
           전화: (02) 375-8571(代)
           팩스: (02) 375-8573
           http://blog.naver.com/pyung1976
           이메일 pyung1976@naver.com
등록번호   제251-2015-000102호
정   가   6,000원

※ 이 책은 사단법인 한국극작가협회가 한국문화예술위
   2019년 제2회 극작엑스포 지원금을 받아 출간하였습니다.